E NÓS COBRIMOS SEUS OLHOS

FSC
www.fsc.org
MISTO
Papel produzido a partir de fontes responsáveis
FSC® C019498

A marca FSC® é a garantia de que a madeira utilizada na fabricação do papel deste livro provém de florestas que foram gerenciadas de maneira ambientalmente correta, socialmente justa e economicamente viável, além de outras fontes de origem controlada.

ALAA AL ASWANY

E nós cobrimos seus olhos

Uma novela e outros contos

Tradução do árabe
Safa A-C Jubran

Companhia Das Letras

Grafia atualizada segundo o Acordo Ortográfico da Língua Portuguesa de 1990, que entrou em vigor no Brasil em 2009.

Título original
Nirân Sadîqa

Capa
Julia, www.julia.uk.com

Preparação
Leny Cordeiro

Revisão
Renata Lopes Del Nero
Luciane Helena Gomide

Dados Internacionais de Catalogação na Publicação (CIP)
(Câmara Brasileira do Livro, SP, Brasil)

Aswany, Alaa Al
E nós cobrimos seus olhos: uma novela e outros contos / Alaa Al Aswany; tradução do árabe Safa A-C Jubran. — 1ª ed. — São Paulo: Companhia das Letras, 2013.

Título original: Nirân Sadîqa.
ISBN 978-85-359-2290-5

1. Contos árabes I. Título.

13 - 05335 CDD - 892.73

Índice para catálogo sistemático:
1. Contos: Literatura árabe 892.73

[2013]
Todos os direitos desta edição reservados à
EDITORA SCHWARCZ S.A.
Rua Bandeira Paulista, 702, cj. 32
04532-002 — São Paulo — SP
Telefone: (11) 3707-3500
Fax: (11) 3707-3501
www.companhiadasletras.com.br
www.blogdacompanhia.com.br

A Abbas Al Aswany, meu pai, que me ensinou

Alaa

Sumário

Introdução

1.

A primeira exibição cinematográfica feita no mundo foi em Paris, em dezembro de 1895, no Salão Indiano do Grand Café, na Rue des Capucins. Um ano depois, o cinema chegava ao Egito. O primeiro filme exibido foi em Alexandria em novembro de 1896, numa sala da propriedade de um italiano chamado Dello Strologo. Foi um evento extraordinário tanto para os egípcios como para os estrangeiros que viviam no Egito. Os jornais de então eram repletos de comentários entusiasmados a respeito do novo invento. Mesmo os preços extorsivos dos ingressos não afastaram o público. O filme durava meia hora e era composto de cenas desconexas, e cada uma não durava mais que alguns minutos. Eram cenas da vida cotidiana, seja na rua, em florestas ou no mar. A despeito da ingenuidade do tema e das técnicas primitivas de filmagem, as pessoas se apaixonaram pelo cinema, corriam para comprar ingressos e se apressavam para dentro da sala de exibição, sentavam-se nos assentos enfileirados à espera do momento mágico quando as luzes se apagavam, dando lugar à total escuridão, e assim as cenas começavam a aparecer na tela.

É indiscutível que o prazer sentido por aqueles primeiros espectadores, ao ver a vida real passar numa tela, foi muito maior do que nosso entretenimento atual com a arte cinematográfica. A grande diversão de então veio acompanhada por um lance curioso. Como os espectadores entravam num estado de extrema excitação ao acompanhar o filme, não era raro que ficassem tão concentrados nos eventos a ponto de pensar que o que viam era algo real. Quando o mar revolto subia com suas ondas enormes, apavoravam-se. Quando um trem aparecia correndo e soltando sua fumaça densa, muitos gritavam de pânico e corriam para fora da sala achando que o trem iria atropelá-los. Quando essas ocorrências lamentáveis começaram a se repetir, Dello Strologo, o dono do cinema, deu início a uma nova prática. Ele esperava os espectadores fora, após pagarem suas entradas e, antes que tomassem seus assentos, ele os acompanhava até perto da tela, tocava-a e explicava: "Esta tela nada mais é do que um pedaço de pano, parecido com lençol. As imagens que vocês verão são refletidas nesta tela, não se originam nela. Daqui a pouco, quando virem um trem acelerar, lembrem-se, senhores, que se trata apenas de uma imagem de trem, portanto não representará nenhum perigo para vocês".

Agora, quando lemos sobre isso, passados mais de cem anos, o pavor dos espectadores causado pelo trem nos parece bizarro e risível, mas há infelizmente alguns leitores de ficção que confundem da mesma forma imaginação e realidade. Eu, como outros romancistas, sinto isso na pele. No meu romance *O edifício Yacubian*, mostrei os personagens Abaskharum e Malak — dois irmãos coptas e pobres — como duas pessoas que se distinguiam pela esperteza, excentricidade e veemência, e que durante sua luta pela sobrevivência não hesitavam em mentir nem em roubar. Após o lançamento do romance, fiquei surpreso com um amigo copta que me criticou dizendo: "Como ousa apresentar o personagem copta com essa imagem vil?". Minha resposta (que nunca o convenceu) foi que não se tratava do egípcio copta em geral, mas de uma personagem ficcional, que circunstancialmente era copta; além do mais, o romance era repleto de personagens muçulmanos corruptos, que tampouco significava que todos os muçulmanos eram corruptos.

Já no meu romance *Chicago*, mostrei Chaima, personagem de uma moça velada e que sai do interior egípcio para ir estudar em Chicago. A vida nos Estados Unidos a faz repensar a educação conservadora que teve, e ela acaba se apaixonando por um colega com quem aos poucos tem uma relação física.

Como esse romance foi publicado em episódios no jornal *Addastur*, eu recebia uma dose semanal de ofensas e execrações de fanáticos religiosos, pelo fato de ter criado a personagem de uma jovem que usava véu e que acabou abandonando seus princípios, o que — segundo eles — teria sido uma ofensa a todas as muçulmanas de véu e, por conseguinte, ao próprio islã.

Pensei muito nesta questão: o que leva um leitor inteligente e instruído a considerar o comportamento de uma personagem ficcional, fruto da imaginação, como uma tentativa de ofender a religião ou um grupo social? Para ser justo, a responsabilidade pela confusão não deve recair inteiramente sobre o leitor, pois está ligada por linhas delicadas à natureza da literatura em si, e é assim por dois motivos.

O primeiro é que grande parte do prazer da literatura provém do fato de que ela nos dá acesso à imaginação. Sentimos prazer em imaginar os eventos e os personagens de um romance a nosso bel-prazer. Essa imaginação só se realiza com a intervenção da fantasia, no sentido de que só sentimos prazer em ler quando conseguimos nos iludir de que, num dado momento, o que lemos não é improvável, mas aconteceu de fato (e para que haja ilusão é que se apagam as luzes no cinema e no teatro); consequentemente, a confusão entre a imaginação e a realidade é um sinal da excelência do trabalho executado pelo artista, pois teria conseguido fazer a ilusão parecer real. Mas, nesse caso, o fazer de conta é exagerado, o que causa confusão entre o virtual e o real.

O segundo motivo está no fato de que a literatura é uma arte de vida. O romance é "uma vida sobre o papel parecida com nossa vida, porém mais profunda, mais significante e mais bela". Daí, a literatura não ser uma arte isolada, mas sim uma questão da vida em si, pois penetra nas ciências humanas como a história, a sociologia e a etnologia. Essa ligação, no entanto, é uma faca de dois gumes. Se de um lado oferece ao escritor uma riqueza inesgotável de material, de outro — negativo — leva alguns a ler a ficção como se fosse um estudo sociológico, o que é um grande equívoco. O escritor de ficção não é um cientista pesquisador, mas um artista tocado emotivamente pelos personagens da vida, por isso os recria no seu trabalho. Esses personagens nos mostram a realidade humana, mas não é imprescindível que representem a realidade social.

Um trabalho literário é capaz de nos oferecer certos indícios sobre uma dada sociedade, mas é incapaz de apresentar sua essência no sentido científico da palavra. Um trabalho sociológico, com fundamentos teóricos e práticos, com estatísticas e gráficos, pode oferecer uma amostra científica de uma dada sociedade, mas isso não é, em absoluto, o papel do romance ou do poema. O personagem de uma moça egípcia que usa véu num romance talvez possa nos dar uma ideia sobre os sentimentos e os problemas das mulheres que se cobrem com véus, mas não representa, por certo, todas que estão cobertas por um véu no Egito. Quem quiser saber a "verdade" sobre o fenômeno do véu terá de consultar trabalhos feitos por sociólogos sobre o tema.

Por que estou escrevendo isto?

Porque essa confusão entre imaginação e realidade, entre ficção e estudo sociológico seguiu feito uma maldição a minha novela "O caderno de Issam Abdulâti", o que impediu sua publicação durante anos.

Como foi isso?

2.

Após voltar de uma viagem de estudos nos Estados Unidos no fim dos anos 1980, decidi me dedicar a ser escritor, ao mesmo tempo que era obrigado a trabalhar como dentista para me sustentar. Foi assim que minha vida se dividiu em duas partes distintas: a vida digna de um dentista respeitado e a vida livre de um homem das letras, totalmente desvinculada das amarras da sociedade e dos preconceitos. Todo dia, após terminar meu trabalho como dentista, saía para explorar a vida em suas formas mais autênticas e excitantes. Passeava por lugares desconhecidos, conhecia personagens nada convencionais, movido por uma insaciável curiosidade e uma genuína necessidade de entender as pessoas e aprender com elas. Foram muitas as noitadas que passei junto a personagens interessantes, depois das quais era obrigado a dar um pulo em casa, tomar apressado um banho e um café e correr até a clínica para começar o trabalho sem ter dormido. Dia após dia consegui formar meu grupo especial de personagens fantásticos. Andei com pobres, ricos, políticos aposentados, príncipes depostos falidos, alcoólatras, ex-condenados, mulheres abandonadas, fanáticos religiosos, malandros, bandidos e chefes de gangues, contudo sempre mantive, precisa e rigorosamente, a distância entre o mundo diurno e o mundo noturno. Mesmo assim, e apesar dos cuidados, aconteciam incidentes: certa noite estava num boteco barato no centro da cidade quando estourou uma briga entre dois bêbados e um deles arrastou o outro para fora do boteco e começou a espancá-lo no meio da rua; saí junto com alguns frequentadores de boa vontade para apartá-los e tentar reconciliá-los. É claro que a cena foi acompanhada por uma grande algazarra, gritaria e palavrões. Não demorou muito a ouvirmos uma voz vinda de uma janela que se abriu no prédio da frente e de onde apareceu um homem com cara de sono e irritado, que ameaçava aos gritos chamar a polícia se não parássemos imediatamente com a desordem. Olhei para cima e o reconheci. Era um dos meus pacientes na clínica. Tive certeza de que me reconheceu. Retirei-me depressa e sem alarde. Alguns dias depois, aquele homem tinha hora marcada comigo para fazer um molde de dentadura. Recebi-o naturalmente mas, enquanto trabalhava na sua boca, ele me lançava olhares desconfiados e, quando pôde falar, não aguentou e perguntou: "Desculpe, doutor, por acaso o senhor às vezes passa a noite no centro da cidade?". Como eu esperava a pergunta, estava preparado, e assim desenhei um sorriso ingênuo nos lábios e respondi com o tom de um mentiroso profissional: "Não posso ficar acordado até tarde durante a semana, porque, como sabe, tenho cirurgias marcadas bem cedo de manhã".

O paciente suspirou e disse aliviado: "Foi isso que pensei; porém não faz muito tempo vi na rua, às quatro da madrugada, alguém que se parecia com o senhor, mas disse a mim mesmo que não podia ser o senhor".

Por sorte, incidentes como esse não eram frequentes. Durante minhas excitantes andanças noturnas, conheci, certa noite, Triplo Mahmud; um amigo nos apresentou, e desde o primeiro instante fiquei impressionado com sua extraordinária inteligência e com suas ideias originais. Era diferente de todas as pessoas que conhecia, até seu nome era único. Por alguma razão, seu pai e seu avô preferiram o nome Mahmud a todos os outros, e assim o nome dele acabou sendo Mahmud Mahmud Mahmud, o que provocou muita avacalhação de seus colegas na escola, que o chamavam de Mahmud vezes Três ou Triplo Mahmud — o apelido pegou tanto que ele mesmo o usava. Quando fui apresentado a Mahmud, ele já tinha passado um pouco dos quarenta anos e pode-se dizer que sua vida já se resumia a uma série de determinadas, porém não bem-sucedidas, tentativas de se realizar em muitos campos. Na universidade, estudou engenharia, artes e cinema, sucessivamente, e depois abandonou todos os cursos. Quando lhe perguntei o motivo, disse: "Percebi que o sistema educacional no Egito sufoca a criatividade dos alunos além de submetê-los a uma tortura psicológica". Como não me mostrei convencido, ele seguiu esclarecendo: "Os grandes artistas e pioneiros do cinema no Egito primeiro fizeram cinema, depois criaram o Instituto do Cinema, o que prova que não precisavam das aulas do Instituto para fazer cinema".

Essa lógica estranha e excêntrica, que não deixava de ser válida, é um exemplo de como Mahmud enxergava a vida. A maioria de suas atitudes e ideias eram excêntricas e originais, ao mesmo tempo e na mesma medida. Ele não era capaz de se acostumar à tolice, à burocracia e à hipocrisia social. Era direto, franco, orgulhosíssimo de suas opiniões e de sua dignidade. São características que levam fatalmente ao insucesso na realidade corrupta em que vivemos no Egito. Apesar de sua rejeição ao sistema educacional, ele não era preguiçoso. Uma vez convencido de uma ideia, dedicava enorme esforço para realizá-la. Entre os meus conhecidos, era um dos que mais liam. Aprendeu sozinho até que adquiriu conhecimento enciclopédico sobre arte, história e literatura. Era um talentoso pintor, mas sua primeira mostra no Egito não recebeu a atenção que ele esperava, por isso decidiu pegar seus quadros, viajar para a França e exibi-los lá.

Disse aos amigos: "Vou levar minha arte para quem entende de arte". "Como você vai à França se não sabe uma palavra de francês?", alguns indagaram. "Acaso estou indo à França para conversar?", respondeu, olhando-os com desdém como se amaldiçoasse tal ignorância.

Desnecessário dizer que fracassou também na França. Costumava descrever, com ironia e amargura, como se sentou na calçada nas margens do Sena, sem um tostão, faminto com a chuva caindo sobre ele e sobre seus quadros.

Andei com Mahmud um tempo e fui influenciado por ele. Admirava-o e sentia profunda tristeza por seu destino que já estava traçado. Poucos anos depois, Mahmud teve um esgotamento nervoso e chegou a se internar numa clínica mais de uma vez, depois caiu no atoleiro das drogas que o levou a uma morte súbita e rápida, antes dos cinquenta anos. Minha tristeza por Mahmud foi particular e geral ao mesmo tempo. De um lado, eu compreendia a crise de quem era realmente talentoso, sendo acariciado por grandes sonhos, aos quais via sucumbir sem poder realizar ao menos um. Do outro lado, percebia que o Egito estava perdendo seus grandes talentos e forças, como Mahmud, devido à tirania e à corrupção. Se Mahmud tivesse nascido num país democrático onde houvesse justiça e assistência, teria tido outro destino na arte e na vida. Pensei muito na tragédia de Mahmud até que acordei um dia me perguntando: por que não escrever sobre ele, sobre seus sentimentos, pensamentos, seus comentários inteligentes, pungentes e profundos que ficavam no limiar entre a sabedoria e a insanidade? Imaginei então a personagem de Mahmud como ator, o que não foi muito difícil, porque ele ocupava completamente meus pensamentos. No momento em que coloquei na minha frente um pacote de papel e destampei minha caneta, sentei e escrevi várias páginas de uma vez, e trabalhei com entusiasmo dia após dia, até concluir o livro cujo protagonista, Issam Abdulâti — muito parecido com o Triplo Mahmud —, é um jovem instruído e frustrado, que sofre com a tirania, a corrupção e a hipocrisia da sociedade egípcia, e as compara com o falso discurso de autoelogio repetido pela mídia governamental acerca da grandeza dos egípcios e de sua civilização milenar.

A novela foi escrita na primeira pessoa; começa com o protagonista zombando da frase célebre do líder Mustafá Kâmil "Se não fosse egípcio, gostaria de ser egípcio", depois segue com uma torrente de críticas duras dirigidas aos seus compatriotas. A verdade é que, enquanto escrevia esta novela, nunca me passou pela cabeça que ela me traria problemas. Mostrei-a a vários amigos e todos manifestaram muito entusiasmo e a elogiaram, por isso me animei a tentar publicá-la na Organização Geral Egípcia do Livro (OGEL), confiante de que receberia sua atenção e, por que não, uma calorosa recepção!

Lá, no luxuoso edifício da Organização, às margens do Nilo, eu recebi o primeiro choque da instituição da corrupção governamental egípcia. Era sabido que, para a OGEL, os autores se dividem em três categorias. A primeira é a de autores famosos, cujos trabalhos são publicados imediatamente. Na segunda estão autores que apresentam cartas de recomendação de pessoas importantes no governo. Estes também têm seus trabalhos publicados, de acordo com a extensão da influência de quem fez a recomendação, a despeito da qualidade do trabalho ou do talento do autor. Quanto aos autores da terceira categoria, escritores que não são conhecidos nem recomendados, estes têm seus trabalhos encaminhados a comissões de leitura. O esquisito é que os membros dessas comissões não são pessoas qualificadas, mas funcionários comuns, cujos chefes por alguma razão tiveram vontade de recompensá-los ou bajulá-los e por isso os encaminharam a essas comissões de leitura para conseguirem uma remuneração adicional. Isso significa que qualquer funcionário do Departamento das Finanças ou de Assuntos do Trabalho poderia avaliar seu romance em termos literários e decidir se é adequado ou não para a publicação. O fato é que a cúpula da OGEL não dá muita importância aos relatórios feitos pelas comissões, porque quem é julgado por elas são autores desconhecidos sem nenhuma relação com os funcionários. Portanto a publicação ou não de seus trabalhos não preocupa ninguém na Organização. Mas o problema com a minha novela não provinha apenas da corrupção e do nepotismo na legislação das publicações, mas daquela confusão entre o escritor e seus personagens e a falta de distinção entre ficção e realidade. Nunca me esquecerei do momento decisivo quando me sentei diante do funcionário da comissão na OGEL, tendo o manuscrito do meu livro posicionado na sua mesa, sendo revirado por ele. De repente, ele me disse com uma expressão fechada e tom hostil:

— É impossível publicar esta novela.

— Por quê?

— Você não sabe mesmo o motivo?

— Não, por favor, diga-me, senhor!

— Porque insulta o Egito.

— Eu não insultei o Egito.

— Você zomba do líder nacional, Mustafá Kâmil.

— Eu não zombo dele. Eu admiro e respeito Mustafá Kâmil. Quem zomba dele é o protagonista da novela, Issam Abdulâti.

— Você está querendo me convencer de que não concorda com o que ele diz, sendo você o autor?

Comecei a explicar para aquele senhor, membro da comissão, a diferença entre um artigo e uma história, e como o artigo reflete a opinião de quem escreve, enquanto a história é uma ficção em que os personagens imaginados não refletem necessariamente o ponto do vista do autor.

O funcionário permaneceu calado, o que me fez seguir na defesa da minha causa dizendo:

— Se seguirmos essa lógica na qual o senhor baseia seu indeferimento da publicação da novela, o autor se tornaria um ladrão se ele mostrasse o personagem de um ladrão, e caso mostre um espião, iremos considerá-lo um traidor da pátria... essa lógica arrasa os próprios fundamentos da literatura!

O funcionário manifestou certo embaraço, mas depois, com um sorriso cínico, me perguntou:

— Quer dizer que não concorda com o protagonista no que diz sobre o Egito?

— É claro que não!

— Tem certeza?

— Sim, é óbvio.

— Pode então escrever um repúdio?

— Repúdio?

— Sim, aprovo a publicação se você escrever do próprio punho um repúdio condenando todas as opiniões do protagonista relacionadas com o Egito e os egípcios.

— Tudo bem.

Peguei papel e caneta com o funcionário e escrevi, sob o título "Repúdio": "Eu, autor desta novela, declaro que não estou de acordo com as opiniões do protagonista Issam Abdulâti e que elas representam o oposto do que penso sobre o Egito e os egípcios". Acrescentei ainda por minha conta: "Gostaria de afirmar que o protagonista *é demente, psicologicamente instável e que mereceu o castigo que teve no final. Eu escrevo este repúdio a pedido da Comissão de Leitura da* OGEL".

O funcionário leu o repúdio devagar e depois suspirou aliviado, concedeu sua permissão e prometeu-me a publicação em breve.

3.

Por que aceitei escrever esse repúdio grotesco? Porque queria publicar minha primeira novela e porque calculei que causaria um escândalo que acabaria por revelar a corrupção e a ignorância na OGEL. Por isso enfatizei que era a pedido deles que escrevera aquele termo. Algumas semanas depois, fui até lá para saber o destino da novela, e encontrei outro funcionário. Quando lhe contei o que acontecera, retirou a pasta da gaveta (onde continuava sem ser mexida durante todo aquele tempo). Quando abriu a pasta e leu a nota de repúdio, sinais de pânico apareceram no seu rosto. Perguntou-me do que se tratava e eu contei, e então ele disse:

— Isso é bobagem.

Rasgou a nota na minha frente e disse calmamente:

— Escute, publicaremos a novela após você retirar os primeiros dois capítulos, o que acha?

O que fiz foi arrancar meu manuscrito de suas mãos e sair do edifício da Organização, aonde nunca mais voltei. Fiquei muito frustrado, mas depois de um tempo me animei e decidi bancar eu mesmo a publicação da novela. E como já tinha terminado de escrever uma série de contos, acabei juntando-os à novela num único livro e publiquei por minha conta trezentos exemplares apenas, que distribuí a alguns críticos e amigos. O livro recebeu críticas muito positivas, o que levou a um fenômeno peculiar que acabou me acompanhando por algum tempo: ser um escritor conhecido sem leitores! Os críticos falavam bem do meu livro nas páginas dos jornais, mas quem lia as resenhas procurava o livro sem encontrá-lo à venda, isso além do mal-entendido que perseguiu esta novela. Após o enorme sucesso alcançado pelo romance *O edifício Yacubian*, muitos editores insistiam que lhes entregasse qualquer trabalho meu. Levei a novela "O caderno de Issam Abdulâti" para um grande editor no Egito, que após lê-la me disse: "Gostei muito da novela, mas, sinceramente, não posso arcar com as consequências de sua publicação, pois as opiniões nela contidas podem levar à prisão".

Um crítico conhecido, que me detesta por razões pessoais, escreveu sem o menor constrangimento ou sentimento de culpa um longo artigo no qual me confundia intencionalmente com o protagonista, e com base nisso me acusou de desprezar meu país e de estar encantado com o Ocidente.

Esse é o histórico do livro que você tem em mãos. Eu quis que você o conhecesse antes de iniciar a leitura. Estou certo de que a maioria dos leitores compreenderá que os personagens literários têm sempre uma existência independente da do autor. Quanto aos que me cobrarão pelas opiniões do protagonista, responsabilizando-me por elas, eu copio, com respeito, o que Dello Strologo, dono da sala de cinema, disse um dia aos espectadores:

> Esta tela nada mais é do que um pedaço de pano, parecido com o lençol. As imagens que vocês verão são refletidas nesta tela, não se originam nela. Daqui a pouco, quando virem um trem acelerar, lembrem-se, senhores, que se trata apenas de uma imagem de trem, portanto não representará nenhum perigo para vocês.

Alaa Al Aswany
2008

O caderno de Issam Abdulâti

1.

Se eu não fosse egípcio, gostaria de ser egípcio.
Mustafá Kâmil*

Escolhi iniciar este caderno com a frase acima por ser, em minha opinião, a frase mais tola que já ouvi na vida! Ela representa — a despeito da sinceridade de seu dono — uma ingênua fidelidade tribal, que me deixa furioso só de pensar. Se o sr. Mustafá Kâmil nascesse chinês ou indiano, teria dito essa frase de orgulho sobre sua nacionalidade chinesa ou indiana? E poderia tal orgulho ter validade se fosse produto de uma coincidência? Se Mustafá Kâmil pudesse escolher ser egípcio — conforme alega, por vontade consciente —, teria por certo razões importantes

* Mustafá Kâmil (1874-1908) foi um líder nacionalista egípcio. [Todas as notas são da tradutora.]

para tal escolha! Acreditava que no povo egípcio existem virtudes faltantes em outro povo! Que virtudes seriam essas? Distinguem-se os egípcios, por exemplo, por sua seriedade e dedicação ao trabalho, como os alemães e os japoneses? Gostam de aventuras e mudanças como os americanos? Honraram a história e as artes como os franceses e os italianos? Não, eles não apresentam nada disso. O que caracteriza os egípcios então? Onde estão suas virtudes? Eu desafio qualquer pessoa a mencionar uma única virtude egípcia! A covardia e a hipocrisia; a enganação e o cinismo, a preguiça e o desprezo, são essas as nossas características egípcias, e por saber a verdade a nosso respeito, nós a disfarçamos com gritos, mentiras e retumbantes slogans vazios que repetimos dia e noite para nosso "grandioso" povo. O triste é que, de tanto repetir as mentiras, acabamos acreditando nelas. Ademais — e isso é surpreendente — organizamos nossas mentiras em canções e hinos. Já ouviram falar de algum povo que faz isso? Por acaso, os ingleses cantam: "Oh, Inglaterra, nossa terra, seu chão é feito de mármore; almíscar e âmbar são o aroma de sua terra". Essas banalidades fazem parte de nossos atributos enraizados!

Pasmem! Numa apostila de leitura adotada pelo segundo ano do ensino fundamental, leio: "Deus gosta muito do Egito, mencionando-o em Seu Nobre Livro, por isso o abençoou com um clima moderado, agradável tanto no verão como no inverno, e por isso o protege da maldade dos inimigos".

Vejam a quantidade de lixo que enfiam na cabeça das crianças! Esse nosso "clima moderado e agradável" é o próprio inferno. São sete meses, de março a outubro, de calor intenso que torra a nossa pele a ponto de dizimar os animais; o sol causticante faz derreter o asfalto das ruas. Mesmo assim, continuamos a agradecer a Deus por nosso belo clima! Se Deus protege o Egito da astúcia dos inimigos, como eles alegam, por que então fomos subjugados por todos os povos da Terra? Na verdade, a história do Egito nada mais é do que uma série contínua de derrotas causadas por todos os povos, desde os romanos até os judeus!

Todas essas baboseiras me irritam, e o que mais me incomoda é que nós, os indolentes egípcios, nos identificamos com os faraós. Eles de fato foram uma grande civilização, mas qual é a nossa relação com eles? Somos o produto confuso e corrupto de uma miscigenação entre os soldados das tropas conquistadoras com as cativas dos povos conquistados. O camponês egípcio, cuja terra foi profanada e cuja hombridade foi desonrada pelas mãos dos conquistadores durante longos séculos, já perdeu tudo que o ligava a seus magníficos ancestrais, e de tanta sujeição à humilhação acabou se acostumando com ela e se entregando, até que, com o tempo, acabou adquirindo o espírito servil! Tente se recordar de quantos egípcios de fato corajosos você conheceu na vida! O egípcio, por maior que seja sua posição e por mais instruído que seja, curva-se diante de você se você for o mais forte. Sorri para você e o bajula, ao mesmo tempo que o odeia e planeja acabar com você de uma forma oculta e segura, que não lhe acarrete confronto nem perigo. Não passa de um criado. Este é o egípcio. Eu detesto os egípcios e o Egito, odeio-o de todo o coração, espero que piore e que se torne mais miserável ainda.

Apesar de ter o cuidado de esconder esse meu ódio para evitar problemas estúpidos, às vezes não consigo disfarçar. Certa feita estava na casa de um colega, assistindo a uma partida de futebol entre o Egito e outro país africano chamado Zaire, e quando o jogador zairense fez um gol no Egito, gritei feliz enquanto todos os presentes demonstravam seu desagrado com a minha alegria pela derrota. Seus olhares eram tristes e caídos, suas expressões transpiravam tristeza e impotência. É assim que os egípcios sempre aparentaram, há milhares de anos.

2.

Libertei-me de uma só vez das ilusões, e me orgulho disso. Conheci muitas pessoas, entre elas vários sujeitos inteligentes e bem instruídos, que passaram a vida iludidos e enganados por crenças e teorias que perseguiram ao longo dos anos como miragem: nacionalismo, religião, marxismo — todas essas palavras brilhantes revelaram sua falsidade bem cedo para mim. Livrar-me da religião foi fácil, mas do marxismo, demorei mais. Admito que no marxismo há um lado racional respeitável, além do fato de que deixa uma marca na alma que se prolonga muito mais do que a própria ideia. Fui marxista comprometido durante dois anos, mas sempre sentia que mudaria. Nunca compreendi por que precisava me sacrificar por causa de seres comuns como os operários e os camponeses. Eu costumava observar as pessoas comuns contando suas piadas banais; observava-as nos dias de festa quando saíam às ruas apressadas, como bestas atiçadas, esmagando com seus pés pesados e cegos tudo que era bonito. Naquele momento, as grandes palavras de Marx acerca do povo se encolhiam diante do meu desprezo e aversão. Deveria lutar e morrer por essas pessoas? São animais, nada merecem além da repulsa e de serem guiadas pelo terror, a única língua que entendem. Tente mostrar-se fraco diante de uma delas e veja o que faz com você! Com minha libertação do marxismo, consegui controlar minha mente, emancipando-a, e foi quando me senti sozinho. As ilusões, ao mesmo tempo que nos enganam, nos consolam, mas a verdade nua e crua é que nos jogam numa solidão cruel. À medida que conseguia adestrar minha mente, perdia o controle dos meus sentimentos. O mais complexo problema de raciocínio não representava nenhum desafio para mim, ao passo que a mais simples interação com as pessoas me deixava confuso e desarmado. Há uma relação indireta confirmada entre a consciência e a ação; a pessoa mais apta para agir é a menos ativa mentalmente, a mais estúpida e vice-versa. Quando a consciência se torna mais aguçada, o poder de ação se abala. Minha cabeça, que não para um segundo de pensar e analisar todas as possibilidades e probabilidades, impede-me de agir corretamente em situações consideradas banais e pelas quais passaria com facilidade. Quando vou à casa de um amigo pela primeira vez, me causa insônia a ideia de que o porteiro que não conheço vai me parar e perguntar a que apartamento desejo ir! A preocupação com a pergunta do porteiro me dominava a tal ponto que não raro insistia com meus amigos para nos encontrarmos em um lugar público em vez de visitá-los em suas casas (eles, é claro, não adivinham o motivo), mas quando no final sou obrigado a enfrentar a situação, no momento em que atravesso o portão do prédio onde mora o amigo, fico totalmente indeciso como uma criança: assobio, olho para meu relógio, mexo na manga da camisa, finjo que não estou me importando. Logo me chega a voz do porteiro, me chamando, mas como já passei por ele, ignoro seu chamado e ando apressado sem olhar para trás, mas ele vem correndo atrás de mim, me segue, e no final consegue me parar e perguntar. Mesmo esperando sua pergunta, cada vez sinto uma humilhação extrema por tudo que acontece. Às vezes chego a lhe responder com grosseria e firmeza, outras vezes me sinto totalmente arrasado diante dele, por isso gaguejo e as palavras saem da minha boca hesitantes e confusas, e naquele momento o porteiro se sente como um leão, levanta a voz, acerta-me com um olhar vindo de olhos fortes e esbugalhados, pois a essa altura já terá percebido minha fraqueza. O que nunca consigo em ocasiões como essa é me sentir dono da situação, confiante em minha capacidade de poder responder ao porteiro numa voz calma e um sorriso dizendo: "Vou ao apartamento do senhor fulano ou sicrano". Se eu respondesse uma única vez dessa forma, ele recuaria e encolheria, voltando imediatamente a seu tamanho natural. O que me falta é esse comportamento equilibrado, e não sei precisar se meus sentimentos confusos são atribuíveis a minha demasiada consciência ou às circunstâncias da minha criação. As lembranças da minha infância e adolescência são impressas na minha mente de forma um tanto "histórica". Quando recordo os eventos da minha vida, me sinto um herói trágico recebendo os golpes do destino com um coração corajoso e nobre. Heróis, à diferença das pessoas normais, não se deparam com eventos efêmeros e ordinários. Tudo o que lhes ocorre é necessariamente grandioso e fatídico. Os eventos não são registrados na minha mente como flashes separados e espalhados, mas como uma linha contínua feita de pontos seguidos sem nenhuma previsão nem preparo prévio. Imagino aquilo como uma caixa de papelão subdividida em pequenos corredores.

Assim seria o aspecto da caixa, vista de cima, e por entre as passagens labirínticas caminha um bonequinho de madeira, cujos movimentos são controlados por muitas cordas, quase invisíveis de tão finas, mas fortes, irrompíveis, sendo que todas estão reunidas numa única mão grande fora da caixa. A mão dirige o movimento do boneco, e o dono da mão tem uma visão plena do interior da caixa e de seu labirinto, enquanto o boneco só consegue ver a trilha na qual caminha. Logo que chega ao fim da trilha, a mão o puxa rapidamente para outra trilha. Eu sou esse boneco, a caixa de papelão é minha vida e a mão grande é o destino.

O destino controla nossas vidas como faz a mão grande com o boneco com um implacável e inescapável controle. Brinca com nossas capacidades e nossos desejos, pelo simples prazer de brincar, sem bondade, nem justiça nem nada! Se ele tivesse consciência, nem que seja uma vez, das tristezas que nos causa, se sentisse a dor que nos impõe, esconderia a cara com vergonha de seus atos.

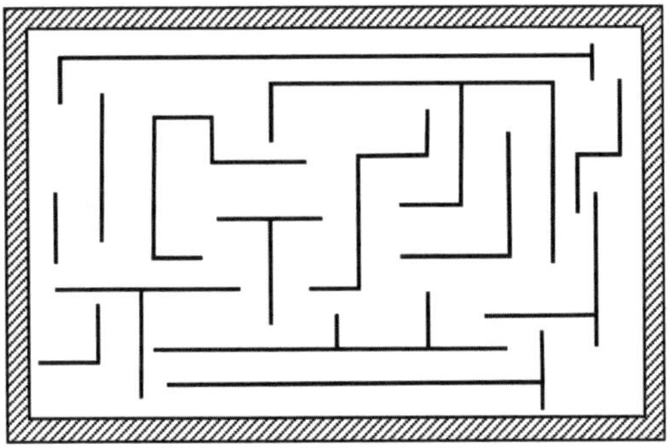

3.

Desde pequeno ele gostava de desenhar: rostos, árvores, carros em ruas, tudo que seus olhos viam era gravado em sua jovem mente em detalhes. Suas linhas corriam no papel redesenhando as coisas da forma como ele as queria. Aos quinze anos, desenhar se tornou um problema, quando abandonou completamente o estudo. Toda manhã fugia da escola, com o dinheiro da mesada comprava cadernos de desenho e lápis de cor, depois caminhava até o Jardim Municipal no Zaqazîq, onde se isolava num banco vazio e desenhava. Seu pai o tratava com severidade, chegou a bater nele várias vezes, a esconder seus lápis de cor e a rasgar seus desenhos, mas nada disso adiantou, pois seu amor pelo desenho era maior. Aos vinte anos de idade, o pai morreu devido a um mal súbito e foi quando seu destino foi decidido. A última barreira se quebraria e ele deixaria o Zaqazîq, onde nasceu, para ir ao Cairo, onde viveria num pequeno quarto construído sobre uma casa antiga no bairro de Bein-Assarayât. Após dois anos apenas, já desenhava as principais caricaturas para três revistas semanais, e aos vinte e quatro anos de idade já inaugurava a primeira exibição de pinturas a óleo.

Esta introdução seria realmente meritória se falássemos de Râghib ou Bikâr* ou de qualquer outro grande pintor, mas não estou falando desses. Isso foi o início de Abdulâti, já ouviram falar desse nome? Abdulâti era meu pai e, apesar do início vibrante e promissor, o fim foi estranho e inesperado: Abdulâti não brilhou, não conseguiu realizar seu sonho de pintor. Não conseguiu mudar nada nas artes plásticas como almejava e, após trinta anos de sua migração para o Cairo, meu pai continuava sendo um cartunista obscuro que ganhava a vida fazendo charges para a *Alhayât*, uma revista que ninguém lia, e ainda executava pequenas tarefas, como supervisionar o jornal mural em algumas escolas, além de dar aulas particulares de desenho para filhos de ricos. Isso foi tudo que meu pai tinha feito aos cinquenta anos de idade. Eu me perguntava: por que meu pai não teve sucesso? Não teria talento suficiente? Tenho certeza de que era mais talentoso do que muitos pintores que tiveram sucesso e fama. Será que foram a preguiça e os prazeres que acabaram com meu pai? Pelo contrário! Meu pai não abusava da bebida nem das drogas, a não ser nos últimos anos. Antes, trabalhava muito e com afinco. Várias vezes eu acordava de manhã quando era pequeno e o encontrava ainda sem dormir após passar a noite inteira trabalhando num quadro novo. Eu o amava naquele momento, seus olhos exaustos, seu rosto cansado e o sorriso leve e satisfeito. Enxugava as mãos rapidamente no avental manchado de tinta e se abaixava para me beijar e me abraçar, quando eu ficava tomado por seu cheiro agressivo e bom, depois me puxava um pouco para trás, apontava para o quadro no cavalete e me perguntava fingindo gravidade:

— O que acha deste trabalho, senhor? O senhor gosta?

* Sabri Râghib (1920-2000) e Hussein Bikâr (1912-2000) foram dois famosos pintores egípcios.

Minha mãe contestava brincando:

— Está perguntado ao Issam? Por acaso esse fedelho entende de pintura?

Meu pai confirmava ao me carregar e me beijar:

— Como não? Ele será um grande artista. Você vai ver.

Se não foi preguiça nem falta de talento, o que foi então? Quando cresci, entendi. O que faltava ao meu pai era o carisma. Aquela aura que cerca os famosos e que exerce influência nos outros.

O carisma é uma característica que não se adquire, alguns são abonados com ela, outros não. Os carismáticos têm um lugar reservado no topo desde o nascimento, basta-lhes trabalhar com um pouco de dedicação para que a admiração e a apreciação jorrem sobre eles. Mas, para quem não é carismático, seu esforço será sempre uma luta inglória contra a natureza, da qual sempre sairá perdedor, e por mais que se entregue ao trabalho, a apreciação das pessoas será sempre hesitante, entremeada com dúvidas e reservas.

Quem descobriu o Novo Mundo não foi Cristóvão Colombo, foi um navegante talentoso e velho chamado Pinzón, que acompanhava Colombo no navio, e foi ele quem indicou a Colombo a rota certa para o descobrimento, mas logo caiu no esquecimento sob o impacto do clamor da glória que irrompeu em torno do nome de Colombo, o sortudo carismático.

O destino do meu pai foi igual ao de Pinzón — ter nascido sem brilho, comum, igual a milhões. De estatura mediana, calvo e um tanto gordo, a gente podia sentar com ele durante uma hora, e quando ele fosse embora nunca mais pensaria naquela figura e talvez chegasse a errar seu nome se, porventura, a encontrasse de novo. Sua voz tinha uma leve rouquidão, que parecia passageira e que logo daria dar lugar à voz marcante, mas a rouquidão nunca passava e a voz do meu pai saía abafada, formando frases atropeladas. Falava ligeiro, as palavras pareciam despencar de sua boca, e era incapaz de prender a atenção das pessoas no que dizia por mais de alguns minutos. Depois as pessoas se retiravam para buscar outras pessoas com quem pudessem conversar. Meu pai podia lhes puxar pela manga ou lhes tocar os ombros com os dedos para segurar sua atenção, feito uma criança impotente, cuja mãe andava apressada no meio da multidão e por isso se pendura na barra de seu vestido para não se perder. Em casa, meu pai não era o marido que impunha as regras, ele era totalmente guiado por minha mãe. Quando eu era pequeno, nunca me senti intimidado por meu pai, e quando, às vezes, ele me repreendia, uma vontade maldosa e gostosa me empurrava a desafiá-lo e desobedecê-lo. E quando cheguei ao colegial, meus colegas na Ibrahîmiya ficavam surpresos quando eu lhes contava que meu pai sabia quando eu cabulava as aulas. Eu lhe contava com calma que iria faltar às aulas no dia seguinte para ir ao cinema. Ele me escutava mexendo no bigode, como era seu costume quando ficava agitado ou surpreso. Depois fingia pensar por um instante e me perguntava após uma risada nervosa que servia como permissão:

— Você não tem medo de perder aulas importantes se faltar à escola?

Isso era tudo. Uma pergunta apenas e depois o assunto era deixado para mim: se ignorasse a pergunta, a coisa terminava ali mesmo, mas se eu hesitasse, ou parecesse pensativo, ele se animava e começava a me falar entusiasmado sobre a importância do estudo regular, e depois, com uma voz imprecisa, dizia:

— Não sei, quer dizer... Penso que não há necessidade de faltar, o que você acha?

Meu pai era fraco, por isso sua vida terminou numa derrota total. Mas, apesar da derrota e da fraqueza, eu o admirava. Admirava porque aceitou a própria derrota no silêncio de quem conhecia as regras. Não encheu o mundo com lamentos nem se transformou num inseto venenoso. Quando havia um concurso importante, meu pai esperava o resultado com os outros candidatos e, quando ficava sabendo que tinha perdido e outro ganhara, não demonstrava surpresa nem se zangava, juntava com cuidado suas coisas, sorria com tristeza e depois apressava o passo para pegar o último ônibus. Quando se sentia à vontade com quem estivesse sentado no banco ao lado, começava a contar em tom neutro tudo que acontecera ao vizinho. Inicialmente o sujeito o acompanharia com pena, mas bastava uma pequena coisa, como o sapato do meu pai, sua camisa ou até seu rosto, para fazer o vizinho compreender o porquê do fracasso do meu pai, e por isso sua pena diminuía ou até mesmo desaparecia.

Nossa casa ficava lotada de gente à noite, muitos nomes, profissões e idades diferentes, quando alguns desapareciam por motivo de viagem ou morte eram substituídos por novos rostos, e apesar de suas diferenças, uma única linha os juntava, eram todos grandes projetos que não se realizaram: o Gâmidi era um professor de língua árabe, a poesia era seu sonho; Muhammad Irfân, ex-marxista que largou seu sonho de mudar o mundo e se satisfez com o jornalismo das celebridades, inventava histórias sobre dançarinas e cantores extorquindo seu dinheiro; havia também o "tio" Anwar, meu pai me contou que ele sonhava em ser um grande músico, mas acabou tocando cítara acompanhando uma dançarina chamada Sukkar, entre muitos outros. Um grupo de pessoas com sonhos esmagados, anciões da alegria, que se reuniam toda noite para amaldiçoar a sorte cega e o tempo corrompido. "Fulano que conhecemos e vimos quando pedia, pelo amor de Deus, um cigarro, agora brinca com o dinheiro, tem um casarão no Maâdi e um chalé no Ajami, além de três carros luxuosos. E aquele cantor famoso que perdeu o concurso da rádio nos anos 50? Pasmem, pois eu era membro da comissão!" Quando me sentava com os amigos do meu pai, nunca sentia, nem por um instante, que eram amigos que se gostavam, eles discutiam muito e às vezes alguns se envolviam em brigas violentas, mas apesar disso sempre vinham, nunca deixavam de comparecer, pois o que os unia era mais forte do que a inimizade, eles precisavam dessas reuniões em que o sentimento de fracasso se dissolvia na percepção de pertencer a um grupo com um destino comum. Reunidos, ninguém tinha vergonha do próprio fracasso.

Eu arrumava qualquer desculpa para não me sentar com eles. Só ficava quando o tio Anwar estava presente, ele era diferente, o amigo mais próximo do meu pai, uma amizade de trinta anos os unia, desde que dividiram um único quarto no bairro Bein-Assarayât, quando meu pai sonhava com pintura e ele, com música. Anwar chegava a ganhar bem no seu trabalho com Sukkar e gastava com generosidade consigo e com os amigos. Era solteiro, não se casou por achar que o casamento era só desgosto, um atrás do outro, e que poderia levar à morte. Tio Anwar era engraçado, não passava um minuto sem escárnio e sem provocar o riso de quem estava por perto. Nas "noites de alegria", como ele as chamava (e que aconteciam logo após o casamento de gente rica), tio Anwar aparecia na reunião carregado de "delícias": uma garrafa grande de brandy, alguns gramas de haxixe de boa qualidade, um quilo de *kebab* e doces. Quando seus amigos o recebiam festivos, Anwar fazia cara de sério, jogava na frente deles o que trazia e falava num tom de pai rigoroso:

— Comam e bebam até que o fio branco possa ser distinguido no dia negro de seus pais!*

* No Ramadã, jejua-se desde antes da alvorada, "quando um fio branco possa ser distinguido de um preto" — expressão usada no Alcorão (2:187).

Tio Anwar não odiava a ninguém como odiava a dançarina Sukkar, escolhida por ele como tema da maior parte de suas piadas e calúnias. Quando a conversa secava e o silêncio reinava, alguém perguntava a Anwar como estava a "patroa". Anwar começava a debochar habilidosamente da ignorância de Sukkar, de sua arrogância, de seus amigos ricos detestáveis. O lugar explodia novamente com os risos. Apesar do amor imperioso que Anwar tinha pela música, ele passava noites inteiras sem tocar, recusando, imediata e grosseiramente, se alguém lhe pedisse para tocar, e em caso de insistência, corria-se o risco de briga. Todos conheciam seu temperamento e sabiam também que, num dado instante, imprevisível, Anwar estenderia a mão, pegaria sua cítara, posicionaria os anéis dos dedos e começaria a tocar. Se alguém prestasse atenção no seu rosto quando terminava de tocar, diria que ele não enxergava mais ninguém, tampouco sabia onde estava. Quando terminava, Anwar recebia a ovação dos presentes e seus aplausos de admiração com um rosto pálido. Ficava assim por um tempinho antes de reassumir as palhaçadas e os sarcasmos, sinal de que o Anwar voltara!

Às terças-feiras não havia casamentos, por isso tio Anwar aparecia em casa cedo, o primeiro a chegar, ainda com vestígios do sono da noite anterior no rosto. Cumprimentava minha mãe com muita educação e seguia até o ateliê, tirava seu paletó, pendurava-o com cuidado, depois vestia sua túnica (ele deixava uma na nossa casa). Segundos depois entrava meu pai, tomavam o chá juntos, depois se sentavam no chão e ficavam ocupados preparando os equipamentos da noite. Começavam com a *guza*,* cuja limpeza e preparo era uma tarefa importante de que se ocupavam Anwar e meu pai, e que muitas vezes era motivo de discussão entre eles. Quando meu pai opinava que o problema

* Um tipo de narguilé de mão.

estava nas folhas grossas usadas para reforçar as juntas e que obstruíam a fumaça, Anwar insistia que era a mangueira que estava entupida. Eu os observava: Anwar com sua túnica verde listrada sentado sobre os pés, rasgando papeizinhos que enfiava entre o tubo da *guza* e o engaste do tabaco, com meu pai sentado do lado soprando na mangueira quando se ouvia o burburinho da água.

Quando chegaram ao Cairo, trinta anos antes, dois jovens artistas cheios de vontade e ambição, teriam pensado nesse destino? Como era distante o início e como era estranho o final! Geralmente era Anwar o mais hábil no diagnóstico do problema da *guza*, pois quando terminava de colocar o calço, queimava uma pedra para o teste, dando um demorado trago, seguido por uma tosse forte, e com os olhos vermelhos passava a mangueira para o pai dizendo:

— Não falei que era o calço? Agora, já está no ponto e pronto para o uso, pegue, puxe e peça a Deus que me abençoe!

Meu pai olhava sorrindo para ele e me dizia, antes de colocar o betilho na boca:

— Seu tio Anwar, antes da música, trabalhava como mecânico de *guza* em Bein-Assarayât.

Anwar então irrompia dizendo:

— Pare com isso, seu filho da puta, você quer que Issam tenha uma ideia errada de mim?

Depois virava para mim com cara de coitado e dizia:

— Cuidado, seu Issam, não acredite no seu pai. Eu sempre fui um homem direito! Foi seu pai que me ensinou a fumar haxixe, no início eu achava que era chocolate.

Era o ponto de partida para uma série de piadas e chistes até que a seriedade voltasse ao semblante de Anwar, que se levantava de repente, enfiava a mão no bolso do seu casaco pendurado, tirava uma pedra de haxixe embrulhada num celofane, entregava a meu pai e este a cheirava primeiro depois a mordiscava e apertava com dedos. Dizia:

— Que beleza, Anwar! É do Mustafá? Que acha, esperamos pela turma ou começamos a tocar só nós?

Anwar então se agachava, apoiando-se nos pés de novo, e dizia num tom muito sério:

— Iniciamos então com um solo do *Maqâm Sîká*.*

Cortava com os dentes o haxixe em pequenos pedaços que distribuía sobre o fornilho, acendia o carvão e começava a fumar. Faziam-me ficar com eles e fumar. Após algumas pedrinhas, a droga subia à cabeça de Anwar, que relaxava suas pálpebras inchadas deixando parecer um olhar distraído, balançava a cabeça como se acompanhasse uma conversa interna ouvida apenas por ele, depois virava para meu pai, sorria, batia na sua perna gorda e dizia:

— Sinceramente, seu Abdu, para que foi atrás desse negócio de pintura? Não teria sido melhor se tivesse aprendido a dança do ventre? Por acaso dançar é pecado? Teria sido outra coisa agora. Basta para aquela garota Sukkar fazer assim — aqui Anwar balançava seu ventre, levantando os braços para cima num movimento dançante — para ganhar quinhentas libras por noite, aquela filha da mãe!

Meu pai quase respondia, mas tio Anwar levantava de repente e ficava de pé no meio do quarto, e cheio de fervor gritava:

— O que me diz, Abdu? Tenha pena, homem, estou falando para você que basta fazer assim para ganhar quinhentas libras...

Assim, ambos, meu pai e Anwar, se entregavam a um longo riso.

* *Maqâm Sîká* é uma escala modal de música árabe, que começa com mi semibemol e com si semibemol.

No almoço, meu pai tomava um cálice de rum, hábito que, segundo ele, o ajudava a dormir profundamente de tarde. O rum passava sua quentura para meu pai, que começava a conversar conosco — comigo e com minha mãe —, ria e às vezes era invadido por uma melancolia misteriosa, mas naquele dia, incomumente, parecia chateado, brincava com seu bigode, com os olhos fixos no vazio. Quando minha mãe lhe perguntou "O que você tem?", ele, que parecia esperar pela pergunta, suspirou, tomou um gole de rum e disse, enquanto brincava com um palito de fósforo entre os dentes:

— Imaginem, hoje eu recebi uma carta de um admirador do meu trabalho.

Meu pai parecia acanhado, mas com uma voz mais alta, como se tivesse preparado a fala, disse:

— É claro que estou feliz como qualquer artista que receba carta de fã, mas o que me deixa mais feliz é saber que há alguém que acompanha as artes plásticas hoje no Egito.

Um instante de silêncio, mais um gole de rum, um olhar de minha mãe em minha direção, como se esperasse que eu falasse algo ainda indeterminado; perguntei de supetão:

— Onde está essa carta?

— Lá, no bolso do paletó.

Levantei, enfiei a mão no bolso do paletó pendurado no mancebo no canto da sala e retirei a carta. No envelope, em uma letra elegante em tinta preta, estava escrito: "Ao grande artista Abdulâti, Revista Alhayat, Rua Qasr Al-'aini, n. 60". Abri o envelope, retirei a carta e, quando comecei a ler, minha mãe gritou:

— Issam, leia em voz alta!

Ainda me lembro do nome do remetente, Mahmud Ali Farghal, de Minyet Annasr, do distrito de Daqahliya. Dizia que trabalhava como professor de arte numa escola, que pintava telas a óleo e que sonhava um dia ser um grande pintor como meu pai. Afirmou que acompanhava seu trabalho na revista *Alhayat* toda quarta-feira e que anos antes havia visto uma exposição que meu pai fez no Cairo, para onde viajara especialmente para aquele fim, e que teria desejado muito conversar com meu pai, não fosse a timidez excessiva que o impediu de se apresentar. Acrescentou que visitaria meu pai no seu escritório na revista para conhecê-lo pessoalmente e lhe mostrar seu trabalho. Finalizava a carta com a seguinte expressão: "Aceite os cumprimentos de seu pupilo e discípulo, Mahmud Ali Farghal".

Quem sabe Farghal era mesmo um admirador sincero — e esta é uma possibilidade que não se deve descartar, pois sempre se encontram tipos assim, que acompanham coisas conhecidas apenas por eles e por quem acabam torcendo, como os torcedores de Clube Tirsana de futebol e dos apreciadores da voz de Abdullatif Attilbani, por exemplo* —, ou um hipócrita que só queria se aproximar do meu pai para conseguir alguma ajuda ou para ser apresentado a alguém por seu intermédio.

Quando terminei de ler a carta, o rosto do meu pai estava corado por uma felicidade imensa, começou a brincar com o garfo no prato vazio com um olhar feliz, forçando, feito criança, seus lábios para não sorrir. Minha mãe, que só então percebeu o que estava acontecendo, gritou:

— Muito bonito, Abdu, mil parabéns! Eu sugiro que a gente emoldure a carta e pendure na parede da sala.

Eu ri alto. Meu pai gritou protestando:

— Que conversa é essa de emoldurar e pendurar? Você é mesmo uma mulher tonta!

Minha mãe ficou perplexa por um instante, mas depois explodiu em risos dizendo:

— Tudo bem, tudo bem, não se zangue, nada de moldura!

* Tirsana é um clube de futebol dos níveis mais baixos da liga de futebol do Egito; Abdullatif Attilbani foi um cantor com poucos admiradores.

Meu pai acendeu um cigarro e afirmou — dessa vez com um tom calmo e sério — que não estava contente pelo admirador, mas por causa das artes plásticas, uma ideia que ele retomou e desenvolveu com outras frases, e depois passou a falar sobre o dever dos grandes artistas com as novas gerações de talentos. Falou de seus professores e de seu incentivo. Senti que meu pai estava ansioso que chegasse o dia de conhecer Farghal e que faria de tudo para ajudá-lo.

Meu pai se retirou para dormir, minha mãe levou os pratos para a cozinha e eu fiquei sentado sozinho, a carta ainda na minha frente, sobre a mesa. Observei-a, a letra esculpida, bonita. Estiquei a mão e peguei-a, o toque do papel me transmitiu uma sensação delicada, uniforme. Olhei para a foto dos meus pais pendurada na parede, com os trajes do casamento. Inicialmente fiquei observando o modelo do terno do meu pai, depois perdi a concentração e me vi apertando a carta entre os dedos, rasgando-a. O ruído era grave, áspero, e quando terminei senti uma ansiedade ambígua, mas logo a afastei e continuei, e como que para me tranquilizar, rasguei os pedaços em outros menores e esses em menores ainda, até que a carta se transformasse em pedaços tão pequenos espalhados, os quais juntei cuidadosamente na mão e me dirigi à cozinha, e da janela eu os joguei, e vi o ar os espalhando por todo canto. Troquei algumas palavras corriqueiras com minha mãe, deixeia-a, fui para o meu quarto e dormi.

De noitinha, minha mãe me acordou, trazendo-me um copo de chá, e disse: "Seu pai quer falar com você". Não pensava em nada específico, disse a mim mesmo; tomo meu chá, fumo um cigarro, lavo meu rosto depois vou vê-lo.

A turma como sempre já estava reunida. Fui recebido por uma densa nuvem de fumaça e um cheiro forte de haxixe. Soube pelos olhos vermelhos de meu pai que já estava bebendo havia um tempo. O tio Anwar me recebeu alegremente:

— Olá, Issam, onde andava?

Meu pai me convidou para sentar, Anwar passou a *guza*, não aceitei me desculpando, pois tinha de estudar. Tio Anwar comentou, colocando o betilho entre seus lábios:

— E o que é que tem? Por acaso isso atrapalha? A gente estuda melhor quando está chapado. Você sabia que, quando estava no secundário, eu enrolava um par de cigarros e ficava à toa, depois resolvia uma equação matemática em segundos!

— Vai ver foi por isso que você não deu certo nos estudos, seu fracassado.

Foi Muhammad Irfan quem disse isso e riu. Outras risadas baixas vieram dos demais presentes. Senti que, por alguma razão, a atmosfera estava carregada, mas não tardou até perceber que minha entrada havia atrapalhado uma discussão acalorada entre meu pai e o Gâmidi.

O Gâmidi já passava dos cinquenta anos, mas parecia mais novo, era bonito, tinha olhos verdes grandes e com traços fortes e bem marcados. Penteava cuidadosamente o cabelo castanho para trás e tinha a pele branca rosada. Alguma coisa nele me dava asco, algo que costumava encontrar nos professores de língua árabe: um espírito manso e uma natureza pegajosa detestável. O Gâmidi sorriu e disse com uma voz nítida, grave e bem colocada, como um professor dando a aula de hoje:

— Seu problema, Abdu, é que você é otimista demais. Deve saber que a arte e a literatura no Egito já estão mortas. Vamos demorar mais do que meio século, no mínimo, até que os egípcios voltem a se interessar pelas artes e antes que se forme um verdadeiro público para a arte, com todo o respeito ao irmão que lhe mandou a carta.

Enquanto falava, sorria, passando demoradamente seus olhos verdes confiantes pelos presentes. Era evidente que suas palavras tiveram efeito sobre eles e que foram convencidos. Meu pai, porém, parecia inquieto, quase contestando, mexeu-se, suspirou, depois disse, do seu jeito rápido e descontínuo:

— Mesmo assim, Gâmidi, não faz mal, poucos indivíduos já são suficientes para começar alguma coisa.

O Gâmidi gritou, opondo-se com um tom teatral, parecia determinado a levar meu pai a um nocaute:

— Que começo, mestre, acorde! Tudo isso porque um único admirador lhe mandou carta! Está querendo nos convencer que temos no Egito um público para a arte? Vá para a rua, veja! Passe pelos pontos de ônibus, olhe no rosto das pessoas! Você acha que há alguma chance de se interessarem pelas artes? São pessoas que dormem e sonham com os frangos da cooperativa!

O Gâmidi riu e também os presentes. Eu não ri, nem tio Anwar, que estava ocupado limpando a *guza*, que nem parecia prestar atenção à conversa. O Gâmidi inclinou-se para a frente ainda sentado em seu lugar e como quem terminava uma conversa banal que não merecia uma discussão tão prolongada:

— Escute, Abdu, vou facilitar para você. O que você me disse que o remetente faz para viver?

— Professor — foi o que meu pai balbuciou bem baixinho.

— Sim, mas professor de quê?

Meu pai respondeu após um instante de silêncio:

— Professor de arte! Mas...

— Mas o quê, homem? Um professor de arte que não entende de arte? Pelo menos devia entender as coisas básicas que estudou. Um professor de arte acompanha a arte, daí vem o senhor e considera que isso é um sinal de uma consciência artística! Tenha dó, homem!

O Gâmidi acenou com a mão e riu enquanto olhava para os presentes, como um jogador de xadrez após fazer um movimento final brilhante que termina a partida a seu favor, depois olhou para meu pai e disse com um tom desdenhoso carregado de ironia:

— Seu Abdulâti! Você deu mais importância do que merecia ao assunto da carta.

Meu pai levantou a voz e pela primeira vez parecia que ele mesmo começava a desconfiar da própria opinião:

— Não! A questão não está no fato de ele ser professor de arte; senti por suas palavras que ele entende de arte.

— Entende? Esse sujeito entende?

Assim disse o Gâmidi, soltando uma risada irônica, deixando transparecer seu significado maldoso para todos, como pode algum entendedor de arte admirar os trabalhos de Abdulâti? O rosto do meu pai fechou e, com uma raiva genuína, murmurou comovido:

— Sim, Gâmidi, ele entende! Tenho certeza que entende.

Meu pai olhou ao redor como se em busca de algo, depois olhou para mim e disse:

— Vá, Issam, traga a carta lá de dentro.

Olhei para ele. Levantei devagar, caminhei até a porta da sala. Ele devia ter pensado que minha hesitação se devia ao esquecimento do local onde fora deixada a carta, por isso disse:

— Você vai encontrá-la na mesa da sala, eu me lembro.

Virei para trás, olhei para meu pai e, com um tom pálido, disse:

— Eu a rasguei.

— O quê? — assim gritou meu pai com os olhos esbugalhados. Senti que estava caindo num abismo, devagar, e então disse:

— Eu rasguei a carta.

Isso foi demais para ele. Pulou, ficou de pé e se aproximou de mim. Aproximou-se até eu sentir sua respiração no meu rosto. Achei que iria me dar um tabefe, mas de repente voltou para trás e gritou:

— Você está louco! Definitivamente louco! Rasgou a carta, seu louco!

Parecia não saber o que dizer, começou a se movimentar, a dar voltas, gritar as mesmas palavras. Tio Anwar então levantou, pegou-lhe o braço e tentou acalmá-lo, enquanto eu continuava parado observando o que acontecia. Não senti medo nem remorso. Como se estivesse inconsciente, via meu pai, Anwar e os outros como figuras flutuantes, indefinidas. Voltei a mim com a voz do meu pai dizendo:

— Está ouvindo? Suma da minha frente!

Houve silêncio por um instante, depois escutei tio Anwar cochichar para meu pai:

— Assim não, Abdu, isso não se faz, você está exagerando.

A voz baixa e insistente da minha mãe soava no meu ouvido enquanto eu atravessava a sala:

— Isso é coisa que se faça, Issam? Rasgar a carta? Você não viu como seu pai estava contente com ela, como pôde rasgá-la?

Não olhei para ela, fui até meu quarto e fechei a porta. Sentei com calma à escrivaninha e acendi o abajur, peguei um livro e comecei a estudar. Ainda me lembro da lição que estudei naquela noite, a "pressão osmótica". Os líquidos passam através das membranas semipermeáveis e ficam iguais nos dois lados quando a pressão estiver igual em torno da membrana. Meu pai, tio Anwar, o Gâmidi, a carta, a letra bonita de Fraghal apareciam de vez em quando durante a leitura, como imagens desassociadas que brilhavam e apagavam, mas sem me afetar. Quando algo me surpreende, meu cérebro registra os detalhes com precisão, depois passa um tempo antes que ele volte a organizar os eventos, só então me abalo fortemente, mas sempre com atraso. Terminei de estudar perto das três da madrugada, eu ouvia um barulho longe vindo do ateliê, vozes, risos, música. Tirei minha roupa, pus o pijama, e me preparava para deitar quando escutei passos pesados no corredor, eram os passos do meu pai. Bateu com os dedos na porta, não atendi, ele abriu devagar, olhou, sorriu e entrou. Continuei de pé na frente da cama, ele se aproximou, se jogou na poltrona e estendeu as mãos. À luz do abajur, pude ver no seu rosto que estava totalmente embriagado e cansado. Um instante se passou, sentei devagar na cama, de repente meu pai perguntou:

— Você tem aula amanhã a que horas?

— Meio-dia.

— Ótimo, assim ainda tem tempo de dormir um pouco para ficar desperto nas aulas — disse, como se o que o preocupasse fossem os horários das minhas aulas.

O silêncio retornou e de repente me senti angustiado, queria tanto que meu pai fosse embora e me deixasse em paz, mas ele bocejou e disse:

— Issam, você sabe que estou muito otimista com relação a seu futuro. Estou certo de que será um grande cientista. Eu sinto que você gosta de estudar. Você não gosta de química?

Sua voz tinha um tom que me deixou mais angustiado e, como não respondi, ele continuou:

— É claro que gosta, do contrário, como poderia ser tão bom assim? O importante é continuar, campeão. Ah, não basta ter o bacharelado e acabou! Tem de fazer doutorado! Na nossa época, o doutorado era algo grande, mas hoje! Tem de ter no mínimo um doutorado para poder dizer que fez algumas coisas. Além do mais, o que poderia te atrapalhar? Não está comprometido com nenhuma moça e não está com pressa para se casar, estou certo ou errado? Diga, não se acanhe, diga!

Meu pai riu, sua brincadeira era embaraçosa e pesada. Continuou, insistindo na brincadeira:

— Mesmo se tiver alguém em quem esteja interessado, você pode, mesmo assim, continuar estudando. Aliás, casar cedo pode levá-lo a trabalhar mais. A coisa mais importante é não ter aspirações artísticas. A arte é a única coisa que se deve temer. Sabe, Issam, eu, quando larguei os estudos, não pensei duas vezes. Sentia que estava fazendo algo normal. Claro, eu não estou arrependido, nunca me arrependi por me dedicar à arte. Não me vejo fazendo outra coisa. É verdade que tive muitos contratempos, mas fiz o que tinha de fazer. Antes da Revolução, eu trabalhava em três jornais, e as pessoas liam, entendiam e comparavam. Quando aparecia um desenhista novo, era visto e apreciado. Após a nacionalização, tudo virou uma questão de sobrevivência. Parece-me que as pessoas perderam a vontade de rir e os chargistas, de desenhar. Tudo se tornou dever. Você desenha uma charge sabendo que não tem graça e as pessoas a leem sabendo que não tem graça, mas continuam lendo.

Quase pedi a meu pai que se retirasse, mas não pude.

— Você leu a piada que Chakir desenhou no *Alahram* hoje?

— Não.

— Deve ler, é muito esquisita. Eu não sei se esse Chakir ficou louco ou o quê. Imagina o que ele desenhou hoje? Um disco solar, dele saindo duas linhas, amarrou uma na outra e escreveu embaixo: "Tricô". Veja que bobagem é essa! A ideia é que se faça um chiste e é esperado que as pessoas riam. Rir de quê? Da tolice do cartunista, com certeza! Mas, é claro, o Chakir é um cartunista conhecido e o jornal *Alahram* lhe paga oitocentas libras egípcias por mês, mesmo se desenhar rabiscos, ninguém pode falar com ele. O importante é que Chakir se acha um grande artista e, quando você o encontra no sindicato dos jornalistas, faz de conta que não o conhece ou não se lembra de você, ou depois de um tempinho diz: "Olá, fulano, não me leve a mal, mas você mudou muito e eu, com essa minha memória, você sabe...". É claro que ele não faz isso comigo, porque comigo ele se comporta.

Não conseguia mais aguentar, levantei, fiquei de pé, meu pai parecia surpreso, por isso se calou por alguns instantes, depois se levantou e disse, enquanto se virava em direção à porta como se tivéssemos terminado uma conversa comum numa noite comum:

— Está bem, vou deixá-lo dormir agora, boa noite.

Deu alguns passos em direção à porta, olhei para o chão e fiquei observando as cores entrelaçadas do tapete, e por um instante tive essa sensação ambígua de que meu pai não saiu do quarto, que ele se aproximou de mim, que quando levantei a cabeça ele estava lá na minha frente, que sem dizer uma palavra estendeu a mão, colocando-a no meu ombro, olhou para mim por um segundo e depois disse:

— Sinto muito, Issam.

Seu pai é um ancião, doente, incapaz, você caminha a seu lado, ele se prende a seu braço, ampara-se em você para não cair. Os transeuntes olham para o estado ruim do seu pai, olham para você, seus olhares pousam em seu rosto, como você se sente então? Talvez fique envergonhado diante da impotência de seu pai, talvez você exagere na demonstração de carinho para ganhar a simpatia e o respeito dos observadores, talvez você o repreenda, seja duro com ele porque o ama e porque está triste por ele e porque quer que ele volte a ser como era, firme e forte.

A revista *Alhayat* sai toda quarta-feira. Saí para comprá-la no jornaleiro na frente da universidade, mas ele a desconhecia. Procurei num outro jornaleiro na praça da Guiza, e num terceiro e num quarto, mas todos ignoravam a existência de uma revista com esse nome. Fui até a praça Suleiman e entrei numa grande banca de jornais, e quando o vendedor se aproximou de mim, perguntei-lhe sem demonstrar interesse:

— Já ouviu falar em uma revista chamada *Alhayat*?

Disse isso porque, toda vez que perguntava pela revista na qual meu pai desenhava e recebia resposta negativa, eu ficava triste e constrangido. Esperava também que esse vendedor não a conhecesse, por isso a minha pergunta, sem mostrar grande interesse, o que me deixava menos constrangido e me punha em pé de igualdade com o vendedor diante da situação, como se eu, mesmo perguntando pela revista, me recusasse a acreditar na existência de uma com tal nome, mas o vendedor, para minha surpresa, a conhecia, e me disse:

— Quinze centavos.

Senti-me aliviado, paguei, peguei a revista e procurei na última página até achar o nome do meu pai. Um pequeno quadro com a assinatura "Abdulâti" no canto. Olhei a charge enquanto caminhava e, quando cheguei em casa, eram duas horas da tarde. Meu pai ainda estava dormindo, abri a porta de seu quarto e entrei devagar, fui até a janela e afastei a pesada cortina preta, a luz invadiu o quarto, meu pai abriu os olhos devagar, notou minha presença e eu disse sorrindo:

— Bom dia!

— Bom dia, Issam, que horas são agora?

Contei-lhe. Esticou a mão até o criado-mudo, pegou o maço de cigarros, acendeu um, puxou um trago, o que iniciou um ataque de tosse. Puxei uma cadeira e me sentei na frente dele, com a revista na mão, na qual eu bati e disse rindo:

— Está feliz? A charge de hoje foi a conversa do curso!

Meu pai se irritou e me perguntou o que eu queria dizer. Respondi, enquanto arrumava a ponta do tapete com meu pé, como se o assunto de que falava fosse acidental, comum e frequente:

— Nada não, só briguei com um colega por causa de sua charge.

— Meu Deus! Brigou? — perguntou, espantado.

— Quero perguntar primeiro. O homem que você desenhou hoje não era Anwar Assadat?

— De fato, era — respondeu meu pai.

Suspirei, senti-me aliviado e disse:

— Então eu tinha razão.

Meu pai levantou, apoiou as costas na cabeceira da cama, disse com os olhos brilhando de interesse:

— Mas o que aconteceu?

— Nada, você sabe que a revista *Alhayat* é lida na nossa universidade, e toda quarta-feira tenho um problema com meus colegas. Todos leem sua charge e depois começam a me atazanar dizendo: "Seu pai se refere a fulano, não a sicrano". Hoje, no entanto, se a caricatura não fosse de Anwar Assadat, o sentido seria totalmente outro.

Meu pai colocou os óculos, olhou a charge e perguntou preocupado:

— Os traços dele não estão claros?

— É claro que estão, mas esse meu colega, ele é comunista, e como você sabe, os comunistas têm um quê de adolescentes. Ele insistia que você era de direita e portanto não podia atacar Assadat em suas caricaturas.

Comecei então uma discussão com meu pai, e como sempre discordamos. Como eu sei muito bem, mesmo que chegue a se exaltar comigo e a me atacar, ele se sente feliz. De noite, ele reclamou de mim para os amigos, contou-lhes da nossa discussão e disse que eu era, como todos da minha geração, fanático e arrogante, e depois deixou escapar no meio da conversa: "Imagine, pessoal, Issam me disse que *Alhayat* é lida na universidade e que seus amigos brigaram com ele por causa da minha caricatura hoje". Meu pai enfiava essa frase rapidamente no meio da conversa, e temia que alguém o contestasse ou desmentisse.

* * *

Era verão e era Ramadã. Eu estava de férias da universidade. Nem eu nem meu pai jejuamos, mas para não chatear minha mãe, preservamos as regras do Ramadã: o desjejum nas horas certas. As noites eu passava com meus amigos no Fichâwi. Naquele dia, o café estava cheio e barulhento, e voltei para casa às três da madrugada. Meus pais estavam sentados à mesa. Minha mãe desjejuava e meu pai estava ocupado engolindo um prato de bolachas e chá. Pelos lábios caídos, pelo olhar perdido, pelas migalhas que caíam sobre sua túnica, entendi que estava inebriado. Troquei umas palavras com eles e entrei no meu quarto, folheei alguns jornais que comprara em Alhussein e dormi. De manhã acordei com alguém me sacudindo com força, abri os olhos e vi minha mãe batendo no meu rosto e me puxando para acordar; corri atrás dela até o quarto do meu pai. Estava nu deitado na cama, parecia dormindo se não fosse um balbucio que emitia e um movimento fraco que fazia seu corpo grande tremer. No rosto tinha a expressão de quem era perseguido por um pesadelo do qual queria se livrar tentando acordar porém sem conseguir. Minha mãe gritava: "Veja como está seu pai, Issam!". Inclinou-se, abraçou-o e começou a chamá-lo, depois enterrou seu rosto no peito dele e começou a chorar.

Uma hora depois, o médico estava lá, e após examinar meu pai cuidadosamente, levou-me para um canto e disse em voz baixa que meu pai havia tido um derrame cerebral, me aconselhando a levá-lo ao hospital imediatamente. Pediu vinte libras egípcias pela consulta, enfiou o dinheiro no bolso e se retirou.

Os funcionários do resgate penaram com minha mãe para poder vestir meu pai com uma túnica branca e depois colocá-lo na maca para descer as escadas. Minha mãe e eu fomos atrás deles, e enquanto atravessavam o portão do prédio apareceu Huda, nossa jovem empregada, que com seu corpinho, seu lenço e tranças, pulava atrás e ao redor da maca e gritava.

À luz da lâmpada pendente sobre a cama do meu pai, pela primeira vez seu rosto me pareceu dividido em duas partes. Uma parte tinha um olho esbugalhado e vermelho, a outra era devastada e flácida. Meu pai tentava falar, mas tudo que conseguia era uma rouquidão abafada, ambígua. Minha mãe me deixou com ele e foi tentar saber algo da direção do hospital. Depois do almoço vieram amigos, parentes e colegas, além de outros que eu desconhecia. Conversaram conosco, eu e minha mãe, acerca da misericórdia de Deus, sobre os tratamentos no exterior e sobre amigos que eles conheciam bem que tiveram a mesma coisa que o pai, e com a ajuda de Deus se recuperaram e se encontravam agora bem de saúde e felizes. Os visitantes foram saindo um atrás do outro, deixando buquês de flores e caixas coloridas de chocolate. Eu e minha mãe permanecemos sentados diante de meu pai e, quando ele fechou o olho esbugalhado e sua respiração se normalizou, eu soube que tinha dormido. Era tarde, talvez já passasse de meia-noite quando ouvimos uma batida leve na porta do quarto, a porta se abriu devagar e dela surgiu o rosto do tio Anwar, ainda com roupa de trabalho, o smoking de gola de cetim, a camisa branca e a gravata-borboleta desamarrada. Tio Anwar deu uma olhada nos cantos do quarto, depois fez um sinal para mim, eu saí, minha mãe me seguiu, e lá fora soube o que ocorrera. Perguntou-nos detalhadamente sobre as opiniões dos médicos e seus prognósticos. Seu rosto estava congestionado, e da forma como ele interrompia a gente, parecia estar angustiado. Não demorou e ele apagou seu cigarro com o pé e perguntou a minha mãe se podia vê-lo, seguiu em frente, abriu a porta, entrou, e quando se aproximou de meu pai, pareceu-me ter visto um brilho no olho dele, como se reconhecesse o tio Anwar, mas logo o brilho sumiu e o olho recuperou seu aspecto vazio. Tio Anwar riu em voz alta e disse:

— O que aconteceu, seu Abdu! Isso é coisa que se faça! Está querendo nos preocupar? Forte como um touro! Esses dois mandaram contar para mim no casamento, e disseram: "Corra, é capaz de não alcançar o Abdu; e eu pensei: 'Deve ter acontecido alguma coisa séria'.".

Olhou para minha mãe e disse:

— O que é isso, madame, assim a senhora me assusta! O que tem Abdu? Está aí, forte como um cavalo!

Depois voltou para meu pai e parecia querer derramar toda a fala de uma só vez, ou não querer ficar calado nem por um instante.

— Olhe só, Abdu! Só porque me preocupou, na terça-feira quando for a sua casa, a festa será às suas custas, uma garrafa de brandy quarenta e oito e um quilo de *kebab*. Issam e madame estão de testemunhas.

Era capaz de jurar que o rosto do pai se moveu com um sorriso. Tio Anwar continuou falando e rindo, depois se despediu de meu pai, cumprimentou-nos, saiu e eu fui atrás dele, e quando se aproximou da porta do corredor do hospital, não olhou para mim, virou-se para a direita, onde ficava o elevador, mas logo diminuiu o passo, parou, inclinou-se, cobriu o rosto com as mãos e começou a chorar copiosamente!

Na manhã do dia seguinte, uma das enfermeiras se envolveu numa grande discussão com um dos funcionários da limpeza, acusando-o explicitamente de roubar a comida dos pacientes. O funcionário começou a dizer palavrões e avançou, querendo bater na enfermeira, mas enquanto seus colegas corriam para impedi-lo e o fizeram sentar numa cadeira para acalmá-lo, meu pai morria.

4.

Formei-me bacharel em ciências e consegui um emprego como pesquisador no Departamento de Química. Esse trabalho veio a calhar, porque naquele tempo eu fazia sucessivas e fatigantes tentativas de diminuir minha solidão, como se conhecer uma única pessoa inteligente fosse suficiente para abortar minha missão, já que, se acontecesse, eu me perguntaria: "Por que sofro tanto ao me isolar das pessoas, se entre elas existe pelo menos um ser inteligente capaz de me entender?". Nesse sentido, minha presença no Departamento apressou meu isolamento. O prédio era muito antigo, sombrio, empoeirado, ficava num esquina esquecida da rua Ramsés e, ao longo dos cinquenta anos do Departamento, enquanto a vida se agitava ao seu redor, ele permanecia num silêncio mortal.

Você usa o banheiro de sua casa anos e anos sem que nunca lhe passe pela cabeça que há vida acontecendo no ralo. Caso tentasse alguma vez arrancar a tampa, um mundo inteiro se abriria diante de seus olhos: dezenas de vermes e insetos variados se devoram e se multiplicam, competem e se matam. Ficaria surpreso então ao perceber que essas criaturas vivem com você há anos sem você saber. É a mesma imagem que me vem à cabeça toda manhã enquanto caminho na multidão na rua Ramsés cheia de vida e de ruído, que logo deixo para virar sozinho à esquerda e adentrar o Departamento de Química. Um ralo que engloba em sua escuridão e umidade um grupo de baratas tão asquerosas que, se pisasse numa delas, ela se desmancharia num líquido branco viscoso. Insetos eram a descrição "científica" que dava aos meus colegas no Departamento, enquanto para meu chefe, o dr. Saîd, não conseguia achar uma descrição adequada. O dr. Saîd não tinha doutorado, submeteu-se aos exames três vezes seguidas e não conseguiu, daí os funcionários lhe deram o apelido de "doutor" como chacota, e não demorou muito para ele gostar do apelido e até ficar incomodado se não o chamassem de "doutor". Esse homem ocupava a função do chefe da sessão de pesquisa, posto nada fácil! Contudo, seu verdadeiro sofrimento na vida costumava acontecer após as refeições. Perto do meio-dia, o dr. Saîd sentava à mesa do escritório e engolia uma bandeja bem grande cheia de fava temperada, faláfel, ovo frito com cebolinha e berinjela em conserva, e depois de terminar, afrouxava seu cinto para aliviar a pressão na enorme barriga, depois tomava um copo de digestivo efervescente importado e pedia chá. Calvo, sem um fio de cabelo, parecia doente ou usando algum disfarce. Devido a seus olhos esbugalhados, sobrancelhas rarefeitas, sua conversa e voz vulgar, o primeiro olhar provoca uma impressão animalesca. Ao observá-lo, às vezes uma ideia estranha me vinha à mente: que um dia, de repente, o dr. Saîd parasse de falar e revelasse sua verdadeira natureza, desse um berro e exibisse seu rabo para todo mundo ver e o pusesse a sua frente em cima da mesa. É claro que eu sabia que isso não iria acontecer, mas se acontecesse não me causaria a menor estranheza. Na hora do chá, chegavam ao escritório os funcionários da repartição, sentavam-se em torno dele, passavam o tempo conversando até a hora de ir embora. Três assuntos eram seus preferidos: o campeonato nacional de futebol, pois era um fiel torcedor do Ahli;* o mercado de automóveis, pois intermediava alguns negócios e se beneficiava disso; e o mais importante era o sexo, seus segredos e artes, por ser um escandaloso apaixonado pelas mulheres. Isso se devia, segundo contavam, à frigidez de sua mulher, de quem não se divorciava apenas por ser rica e o sustentar, por isso satisfazia seus desejos fora de casa, no escritório do Departamento de Química, sim, em seu escritório. O dr. Saîd tinha um fascínio especial pelas faxineiras e funcionárias do Departamento. Certamente, um gosto iniciado nas primeiras experiências. Quando o doutor se interessava por uma funcioná-

* Ahli é o principal clube de futebol do Egito, com uma grande massa de torcedores.

ria, ele a chamava muitas vezes para seu escritório, conversava com ela, mostrava generosidade e pouco a pouco começava a lhe contar suas piadas sobre sexo, lançava-as sobre ela com firmeza e ria de todo o coração, e quando chegava a hora decisiva, o doutor chamava a mulher para seu escritório e mandava-a fechar a porta — que tinha uma tranca especial, se fechada por dentro, não podia ser aberta por fora. Depois que ela fechasse a porta, pedia-lhe que trouxesse algo do armário, seguia-a, grudava seu enorme corpo nas costas dela, abraçava-a e depois a penetrava. Quando isso acontecia dentro do escritório, todos os funcionários da unidade sabiam, cochichavam, riam ou lamentavam, mas nunca se opunham abertamente.

Durante anos, o doutor exercitou sua vida íntima em paz na unidade de pesquisa. Uma única vez aconteceu algo que estragou o clima, quando Umm-Imad apareceu no Departamento — uma bela jovem de olhos verdes que chegou de Tanta após a morte do marido e começou a trabalhar no Departamento com um contrato temporário. Desde o primeiro dia, o doutor se interessou por Umm-Imad e lhe prometeu que iria trabalhar para que fosse efetivada, e todo dia começava a chegar mais cedo para o trabalho com os bolsos cheios de chicletes e bombons que dava para Umm-Imad levar a seus filhos. Teria ele apressado o dia da decisão, ou não fez a leitura correta desde o início? Chamou-a, pediu-lhe que fechasse a porta, e como de hábito levantou para se grudar nela, mas ela o repeliu com seriedade, ele não se comoveu e se aproximou mais, ela o advertiu com uma voz baixinha, dizendo: "Isso é inadequado". A razão lhe teria dito para parar, mas ele não o fez, foi em frente ou porque estava muito excitado ou porque entendia a recusa dela como uma espécie de charme. Avançou sobre ela com todas as suas forças, abraçou-a, ela gritou e não parava de gritar até que os gritos ecoassem em toda a unidade, todos os funcionários se juntassem atrás da porta e, como os gritos não parassem, um deles tomou coragem e bateu no vidro. Por alguns instantes, o silêncio foi completo, depois ouviram os passos pesados do doutor, que abriu a porta, e eles avançaram para dentro desejando ver a cena da vida deles! Diante do armário, estava Umm-Imad de pé, ofegante, de cabelo despenteado, com a túnica puxada, rasgada em vários pontos. Seu jeito indicava que acabara de participar de uma resistência violenta. Pôs as mãos na cabeça como fazem as carpideiras e com voz chorosa repetia: "Que vergonha, homem! O tempo vai fazer você pagar! Se eu fosse disso, acha que viveria desse jeito? Mas Deus sabe de tudo! Eu só quero criar meus filhos!". Durante um minuto ou dois, Umm-Imad conseguiu emocionar os funcionários, mas logo o dr. Saîd se refez, recuperando sua firmeza, acendeu um cigarro, aproximou-se de Umm-Imad, pegou-a no ombro com força e disse trovejando, enquanto mostrava o dedo mediano num gesto baixo:

— Escute bem, queridinha da mamãe! Guarde essa encenação para sua terrinha. Eu não sou bobo nem indiano! Conheço bem essa história, essa ladainha. É a última vez que lhe digo na frente desses senhores todos, ou você devolve as cem libras que estavam na gaveta, ou, juro por minha honra, que dou parte na polícia, está entendendo ou não?

Alarido. Cochichos. Os funcionários escutando a versão do doutor, depois, a de Umm-Imad, alguns tentaram fazê-los chegar a um acordo rápido, mas o dr. Saîd recusou a ideia e gritou:

— Deus! O que aconteceu para vocês, irmãos? Estamos falando aqui de cem libras! Acham que é brincadeira? Quer dizer, todo o adicional que ganho não vale nada?

Falou a última frase batendo uma mão na outra e balbuciou como se estivesse bravo:

— Boa, esta é muito boa!

Umm-Imad jurou por tudo que era mais sagrado, suplicou que ficasse cega, e que seu filho Imad morresse atropelado pelo bonde, se ela tivesse tocado ou visto tal dinheiro, mas foi em vão! O doutor continuou irredutível, insistia na devolução do valor que teria recebido no dia anterior e que esquecera na gaveta, e que deu conta do sumiço após Umm-Imad ter limpado a sala. Todos os funcionários sabiam a verdade, mas fizeram um pacto silencioso de respeitar a versão do doutor e ficar contra Umm--Imad. Sentiam que a vitória de Umm-Imad sobre o dr. Saîd seria de certa forma uma derrota para eles. No dia seguinte, foram em grupos até Umm-Imad, para ameaçá-la ou convencê-la a devolver o dinheiro. Ela parecia uma louca, gritava, se amaldiçoava e jurava sobre o Alcorão. O assunto se estendeu e sessões foram instaladas e desfeitas para debatê-lo, a questão demorou uma semana inteira até conseguirem uma solução. Umm-Imad, empurrada pelos funcionários, foi até o escritório do doutor e se desculpou, abençoou sua cabeça e quase beijou sua mão se ele não a tivesse retirado, pedindo perdão a Deus, e declarou diante de todos, num tom que na verdade dizia o oposto; que Umm--Imad não roubou nada e que o dinheiro estava escondido no bolso do casaco e que Umm-Imad na verdade era uma boa moça, bem-criada, e que ele gostava dela como se fosse sua filha.

Eu estava presente à sessão de reconciliação, e quando Abdulâlim, o contínuo, sugeriu aos presentes que lessem a "Fâtiha"* para abençoar a reconciliação, naquele momento achei que nada daquilo era real. Achei que todos os presentes eram atores, o doutor, Umm-Imad e os funcionários, e que estavam representando uma cena, que logo tirariam as máscaras e voltariam a suas verdadeiras personalidades. Era como se meu pensamento estivesse evidente no meu rosto, pois todos evitavam me olhar enquanto falavam. Não tive a menor dúvida de que meus colegas me odiavam e só esperavam uma chance para acabar comi-

* "Abertura", o primeiro capítulo do Alcorão.

go. Desde o primeiro dia, decidi menosprezá-los, mostrar-me superior a eles, sem uma palavra sabia como fazê-los sentir sua insignificância.

Naqueles dias aconteceu que precisei usar óculos, e escolhi uma armação redonda de metal fino, pois achava que esse tipo de armação dava ao rosto um aspecto superior, um tanto provocativo. Toda manhã eu caminhava até minha mesa com os jornais embaixo do braço e um livro volumoso escolhido de propósito, do tipo que eu sabia que ninguém lá pudesse ter lido ou mesmo ouvido falar: *Livro das canções*, do Asfahani, *Declínio e queda do Império Romano*, de Gibbon, ou A *decadência do Ocidente*, de Oswald Spengler. Depois de terminar de ler os jornais, eu abria um desses grandes volumes e me entregava à leitura até o momento em que a sala ficava cheia de gente e o barulho aumentava, então eu levantava minha cabeça, fixava meus olhos nos presentes sem dizer palavra, assim eles diminuíam o barulho imediatamente ou se retiravam.

Eu rejeitava com insistência suas tentativas de aproximação ou de assentimento a um ponto comum. Quando um deles se aproximava sorrindo de mim e perguntava:

— Está lendo o quê, senhor Issam?

Eu lhe respondia muito sério e sem hesitar:

— Na verdade este livro é muito especializado e é difícil para você entender.

Eu voltava à minha leitura, e ele saía de cara fechada. Um mês depois que entrei no Departamento, já sentia a aversão deles por mim. O dr. Saîd me tratava com cautela, via em seus olhos repulsa e medo. Para ele, eu era algo ambíguo que lhe causava medo e que ele sabia ser superior. Certa manhã, chegou e me repreendeu rindo porque eu não o visitava em seu escritório como faziam os outros colegas, e disse:

— Puxa, venha uma horinha dessas e tome chá conosco. É uma turminha legal e nos divertimos juntos.

Senti um prazer maldoso pelo fato de ele me ter dado uma chance maravilhosa de lhe dar um tapa, olhei-o com seriedade como quem não entendeu, e depois disse calmamente, enquanto voltava à leitura:

— Eu não tenho tempo para diversão.

De soslaio, vi seu rosto congestionado de raiva, disse então saindo da sala:

— Tudo bem, não faz mal, não precisa vir. Por acaso nós temos tempo para diversão? Estamos todos cheios de trabalho!

Senti, então, que minha humilhação não ficaria impune e que uma luta violenta estava por vir. Eu estava certo.

No mês do Ramadã, o dr. Saîd se transformava num homem pio. O longo terço verde não deixava sua mão, o pequeno barrete de crochê cobria sua calvície, nos pés, uma sandália que deixava à vista seus dedos inchados e unhas grossas. Passava o dia entre o escritório e o banheiro para a ablução, exagerava nas rezas e chamava os funcionários para lembrar-lhes das horas certas, lia os versículos num grande Alcorão que deixava aberto na mesa.

No primeiro dia do Ramadã, sentei-me na minha mesa, abri os jornais e comecei a ler. Pedi a Abdulalim que me trouxesse um café, como costumava fazer todas as manhãs. Percebi que ele vacilou e resmungou alguma coisa, mas não lhe dei atenção e segui lendo. Meia hora se passou sem que Abdulalim me trouxesse o café e, quando apareceu na sala por outro motivo, lhe perguntei e ele me respondeu com grosseria:

— Não tem café hoje. É Ramadã! Bom Ramadã para você!

Antes que eu argumentasse, retrucou rapidamente:

— São as instruções do dr. Saîd. No Ramadã, não tem nem café nem chá.

Abdulalim era um camponês idoso de Menuf, espionava os funcionários e levava suas notícias ao dr. Saîd, e como todos os outros, me odiava. Sua satisfação era evidente na voz, porque era empregado e os empregados sentem um prazer enorme quando veem os patrões em situações difíceis. Olhei para ele com raiva e estava a ponto de repreendê-lo, mandando-o trazer o café rapidamente para mim de qualquer maneira! Mas mudei de ideia, acendi um cigarro e voltei à leitura. Naquela noite fiquei acordado até a hora do chamado da alvorada. Não conseguia dormir de tanta raiva. A ideia de que o animal do Saîd tentava me pôr na linha, controlando meu comportamento, e de os ignorantes e empregados me esnobando me amargurava.

Na manhã do dia seguinte, tinha tomado uma decisão: pedi a Huda que me preparasse uma garrafa térmica cheia de café. Carreguei a garrafa debaixo do braço e entrei cauteloso no Departamento. Quando cheguei a minha sala, encontrei um recado pendurado na porta, que dizia: "Pedimos aos senhores membros da Unidade de Pesquisa que não tomem líquidos durante o Glorioso Mês de Ramadã por respeito aos sentimentos dos jejuadores. Assinado: A direção". Eu reconheci a letra do dr. Saîd, estiquei a mão e arranquei o papel, jogando-o no chão, e olhei ao redor à procura de um deles com que pudesse iniciar uma briga, mas o vestíbulo estava vazio. Entrei no escritório e me servi de um copo de café, acendi um cigarro e tentei iniciar minhas leituras, mas não consegui me concentrar de tão agitado que estava. Eu sentia o confronto vindouro e o apressava, na verdade. Darei uma lição naquele asno da qual ele nunca se esquecerá! Foi isso que disse a mim mesmo e me imaginei jogando-o no chão e caindo em cima dele com chutes na sua careca até ensanguentá-la. Meia hora depois, ouvi passos na antessala e logo apareceu o doutor à porta, seguido por Abdulalim. Saîd olhou para o cigarro na minha mão e disse numa voz alta:

— O que aconteceu, Issam? Que história é essa? Isso não é adequado!

— O que é inadequado? — perguntei numa voz trêmula, emocionada.

A voz do dr. Saîd elevou-se mais:

— Meu amigo, "se forem pecar que se ocultem". Por acaso você é muçulmano ou não?

— Não.

— O quê? — Saîd perguntou, espantado.

— Você não perguntou se eu era muçulmano, estou aqui respondendo que não sou: eu não sou muçulmano.

— O que você é então?

— O que o senhor tem a ver com isso?

Um instante de silêncio. Saîd então se aproximou alguns passos e sua voz ecoou raivosa:

— Não! Você foi longe demais! Escute, valentão, eu não estou querendo tornar as coisas mais feias por causa deste mês sagrado. E lembre-se que está falando com o diretor, está entendendo ou não?

Meu corpo tremia de cólera, mas não falei nada, fiquei de pé no meu lugar olhando para seu rosto com raiva. Ele sorriu, fez um gesto com o dedo e disse, irônico:

— Além do mais, pode me falar, por que alguém como você não é capaz de jejuar, por quê?

— Ele deve ter um motivo, doutor — gritou um dos funcionários que se agruparam atrás do doutor. Houve várias risadas, o que me fez perder a razão.* Vi a mim mesmo golpear a garrafa térmica com a mão, derrubando-a no chão, o que causou um enorme estrondo, a tampa se abriu e o café derramou-se. Os

* Em alguns casos, os muçulmanos são liberados do jejum durante o mês de Ramadã: durante uma viagem, por motivo de doença ou mulheres grávidas, amamentando ou menstruadas. O dito jocoso insinuava que Issam pudesse fazer parte do último grupo.

funcionários recuaram alguns passos, todos ficaram calados. Eu era o único que gritava:

— Estão me gozando, seus ignorantes, vocês não sabem é de nada!

Foi um segundo antes de o mesmo funcionário, cujo nome era Ahmad Jawda, gritar novamente:

— É claro, deve ser você quem entende, seu gênio!

Alguns presentes riram, Jawda bateu uma palma na outra e disse numa voz esticada, insolente: "Geninhooooo". O riso aumentou, gritei então e minha voz se diluiu em suas risadas:

— Riam, riam! Eu estudei sobre o islã muito mais do que vocês!

Não me escutaram e continuaram rindo, tive a impressão de que meu jeito enquanto gritava os fazia rir mais ainda, por isso minha ira explodiu e gritei:

— Seus ignorantes, idiotas!

O riso de repente parou, havia murmúrios quando o doutor gritou, aproximando-se de mim:

— Cale-se!

— Cale-se, você, seu animal! São todos idiotas e não entendem nada!

Ficaram estagnados. Mais uma vez eram instantes de silêncio antes de Abdulalim vir em minha direção com o braço levantado, gritando em voz rouca:

— Herege! Filho do cão!

Não me lembro de mais nada, além de vultos confusos. Avancei contra Abdulalim e quis esbofeteá-lo, mas minha mão atingiu seu pescoço. Ele me pegou pela camisa e começou a me xingar. Os funcionários tentaram nos apartar e me puxaram com força para fora da sala; vinha atrás de mim a voz rouca do dr. Saîd:

— É um comunista, gente! Comunista! Meu coração sempre me dizia. Mande-o para a o interrogatório imediatamente.

5.

Uma gota de água parece transparente, cristalina, mas sob o microscópio revela mil falhas. A lua continua bonita, cândida, enquanto estiver distante, mas quando se aproxima parece uma praia suja e abandonada. Até o rosto de quem a gente ama, sua jovem pele rosada que quase nos faz desmaiar, quando a vemos com frequência, nos parecerá um tecido feio e enrugado. A cada vez, a verdade se confirma. Nossa admiração pela beleza nada mais é que ilusão de óptica, e a cada vez que a visão aumenta, as rugas ficam mais evidentes.

6.

Nossa casa, no estilo dos anos 40: teto alto decorado, piso feito de azulejos grandes com mosaicos, cujas cores já estavam desbotadas, os móveis de madeira forte exalavam um cheiro antigo, o estofamento das poltronas e sofás cujas cores o tempo mudou e provocou furos em vários pontos. Nossa casa era composta de amplos quartos em que os sons ecoavam, grandes varandas que davam para a rua, além de sacadas menores laterais, dois grandes banheiros para o uso dos patrões e um pequeno, afastado, para os empregados e emergências. Duas entradas diferentes, uma para os membros da família e outra que levava direto à sala de estar, onde meu pai fez seu ateliê. Cada parte de nossa casa denunciava uma vida antiga que agora estava prestes a terminar. Após a morte do meu pai, mudei-me para seu ateliê, mas deixei tudo como estava: os quadros amontoados perto da parede, as caixas de tinta, o cavalete, o pequeno banco redondo, o lugar onde os amigos sentavam, as pequenas almofadas, o tapete de corda, até mesmo a *guza*, o fogareiro e os sacos de carvão, deixei tudo no lugar. Apenas no canto afastado do quarto fiz um espaço para mim, onde armei uma cama dobrável na qual dormia. Antes de fechar os olhos toda noite, eu os passava por todo o ateliê. Era o lugar de meu pai. Sentia sua presença de forma vaga, porém definida. Dormia próximo de suas coisas para protegê-las. Quando ele voltasse, um dia, ficaria tranquilo por tudo ter permanecido como estava, e eu voltaria para meu antigo quarto. No interior da casa, minha mãe doente dormia num quarto e, no outro, minha avó, que passava dos oitenta anos. No corredor entre os dois quartos, Huda estendia seu colchão, abraçava sua filhinha e dormia. Huda se casara com um encanador que viajou ao Iraque para trabalhar fazia dois anos e nunca mais deu notícias, e por isso ela voltou a trabalhar na nossa casa. Meu tio, o único irmão da minha mãe, passou dez anos na Arábia Saudita e por isso nos sustentava a todos: eu, minha mãe, minha avó, Huda e sua filhinha. Éramos uma família unida à moda antiga, mas eu cheguei mais perto e vi.

7·

Um dia voltei do trabalho e encontrei minha mãe pensativa, preocupada, insisti que me contasse o motivo, ela chorou e disse que estava com medo, mas não se explicou. Huda me fez um sinal por trás de minha mãe para segui-la até a cozinha, onde me contou que a mãe estava com medo porque seu seio estava inchado e que o inchaço aparecera havia meses, mas decidira não contar a ninguém e tentou se tratar sozinha. Tentou de tudo: cobriu o seio com massa de farinha, compressas de água e açúcar, até mesmo pílulas anticoncepcionais ela tomou, seguindo o conselho de uma vizinha, e no final, como nada deu certo, ela decidiu ignorar o inchaço, falar, rir, chatear-se e viver como se não existisse inchaço. Uma tênue e débil esperança lhe dizia que um dia iria acordar e descobrir que o tumor desaparecera da mesma forma como surgira, mas em vão, pois ele veio para ficar, invadir e se espalhar, e quando chegou ao pescoço da minha mãe, que parecia estufado, coberto por veias azuis, não dava mais para esconder nem ignorar o fato.

De tardezinha, o consultório do médico estava abarrotado de pacientes e de seus parentes. Um rápido olhar era suficiente para distinguir os pacientes de seus acompanhantes, não apenas por sua palidez e cansaço, mas por seu olhar perdido, enevoado. Quando o paciente olhava para você, parecia ver algo às suas costas, algo ambíguo que só se revelava pouco antes da morte.

O médico era mestre em tratamento de câncer, e ao mesmo tempo brigadeiro nas forças armadas e religioso. Tinha no meio da testa uma marca escura de tanto ajoelhar tocando a testa no chão. Na parede atrás de sua mesa, havia uma bela caligrafia dourada do "Versículo do Trono". Após examinar minha mãe, voltou à sua mesa e iniciou sua fala evocando o nome de Deus e abaixou a cabeça para que seus olhos não encontrassem os dela:

— A senhora crê em Deus e Ele, seja louvado, em Seu Livro disse: "*Dizei que nada nos acontecerá a não ser o que for escrito para nós por Deus*". Lamento lhe dizer que os tumores são malignos e já se espalharam. Classificamos esse tipo de "nível quatro", que infelizmente é inoperável. Mas nossa esperança na quimioterapia é grande e é maior em Deus, Altíssimo.

Meus professores na faculdade faziam experimentos com os ratos, depois os matavam. Quando chegava a hora de um deles, a mão enorme do professor de luva branca se estendia para dentro da gaiola para pegá-lo, ele corria muito para escapar, mas como acabava não conseguindo, a mão o pegava e o retirava da gaiola para ser morto. O rato emitia um som entrecortado e defecava involuntariamente. Minha mãe gritou no consultório do médico, bateu no próprio rosto e se jogou no chão. Eu e o médico conseguimos acalmá-la depois de muito esforço. Ele escreveu a lista dos exames e dos medicamentos e eu voltei com ela de táxi para casa. No caminho, eu não disse palavra. Refugiei-me no silêncio. Por causa de um brilho que notei no escuro e devido a um suspiro que escapou, entendi que ela chorava. Logo que entramos na casa, ela ligou para meu tio Abbas, e enquanto falava com ele, um sinal de pavor se desenhou no rosto dela e nunca mais a deixou.

Durante meses minha mãe fez o tratamento, emagreceu, os seios diminuíram, a pele escureceu e o cabelo caiu, mas o pavor não largou seu olhar. Um medo incontrolável a dominava e ela ficou obcecada por uma única ideia: afastar a morte dela a qualquer preço. Escapar da captura iminente e viver.

Uma vez, li que os elefantes, quando pressentem a própria morte, se dirigem a um lugar por eles escolhido para ser seu cemitério. Lá, eles ficam de pé esperando calmamente o final. Como é nobre ser valente e destemido. Eu era o filho único de minha mãe e ela me amava, eu sei, mas sei também que, se pudesse escolher entre minha morte e a sua cura total, ela escolheria sem hesitação a minha morte; que ficasse triste depois da minha morte o quanto fosse desde que pudesse estar sã e salva.

O pavor que minha mãe teve da morte não lhe deixou lugar para nenhuma outra preocupação. Quando meu tio Abbas vinha nos visitar, minha mãe exagerava na demonstração de fraqueza e de impotência e o adulava, desejando fervorosamente que Deus lhe aumentasse a fortuna e protegesse seus filhos, passava a mão no peito dele num falso zelo e me olhava brava (afinal para que eu serviria naquele momento?) por ter esquecido a janela aberta, e o vento frio podia prejudicar o meu tio. E, quando meu tio dava sinais de que estava prestes a ir embora, minha mãe começava a chorar e lhe dizer que temia que seu coração endurecesse um dia, já que as pessoas más não paravam de zunir em seus ouvidos — referia-se à mulher dele. Naquele momento, meu tio sorria, abaixava para lhe beijar a testa, retirava de seu bolso o envelope de dinheiro previamente preparado, depois chateado dizia baixinho para ela, enquanto enfiava o envelope embaixo da almofada:

— Jure pelo Profeta não dizer para Hikmat, minha mulher, que eu venho para visitá-la, você sabe que ela já está velha e temperamental, não estou precisando de mais problemas.

Eu me deitava com Huda, a empregada. O desejo me consumia, dominava meus nervos a ponto de não me importar com o cheiro de suor que exalava do seu corpo, com suas mãos ásperas, grossas, com unhas de pé rachadas, escuras e feias. Eu a chamava; pelo tom de voz ela sabia o que eu queria, entrava no quarto, fechava a porta e aguardava calada. Não olhava para mim. Eu avançava e a tomava, tudo acontecia sem palavras, rapidamente. Ficava ansioso para terminar logo, e quando isso acontecia, ela se desvencilhava, recolhia suas roupas e saía, enquanto eu ficava me sentindo vazio, recordando os detalhes do encontro, e, então, livre da urgência do desejo, sentia nojo, o mesmo que tinha na época da faculdade quando tocava com os dedos o dorso do sapo viscoso, coberto de secreções. Tentava me livrar dessa sensação com um banho quente.

No início de nossa relação, tinha cuidado para me certificar de que minha mãe estivesse dormindo antes de chamar Huda para meu quarto. Com o tempo, não me importava mais. Minha mãe sabia e não se importava, ou pelo menos não tinha coragem de se opor já que precisava a todo instante de Huda, que era quem lhe dava comida, banho, quem trocava suas roupas e a levava para o banheiro, e quem sabia de cor a hora de cada medicamento.

Após cada encontro com Huda, eu saía do quarto e encontrava minha mãe sentada na cama, desperta, dizia-me algo ou me fazia alguma pergunta com a qual deixava entender que ela desconhecia o que ocorrera havia pouco no meu quarto. E, quando às vezes reclamava para minha mãe do desleixo que Huda tinha com minhas coisas e insinuava que pensava em dispensá-la, minha mãe me olhava assustada e dizia:

— Não se preocupe, hoje mesmo eu vou mandá-la limpar seu quarto.

Eu tinha certeza de que ela queria dizer que iria mandá-la dormir comigo. Minha mãe não conseguia imaginar sua vida sem Huda, e a simples ideia de que alguém pudesse magoá-la a ponto de fazê-la deixar a casa, a assustava. Por ela, Huda bem que podia deixar todo o resto e ficar sentada na frente dela o dia inteiro. Minha mãe tinha medo e tremia só de pensar que algum dia pudesse precisar de Huda e não encontrá-la. Quando Huda era obrigada a deixá-la para amamentar a filha, Kawthar, ou trocar sua roupa, eu percebia a raiva que minha mãe tinha da situação. Um dia, Kawthar ficou doente e teve febre alta, eu dei dez libras a Huda para que levasse a filha ao médico, mas minha mãe se opôs e começou a diminuir a importância do ocorrido, afirmando que as crianças costumavam adoecer e saravam sozinhas, sem tratamento nem dano. Huda quase se convenceu da desnecessidade do médico, não fosse por minha insistência. E finalmente quando Huda saiu com a filha e ficamos, minha mãe e eu, sozinhos, ela me repreendeu por ter insistido no assunto do médico. Retruquei que as crianças precisavam de cuidado e que a febre podia ser sintoma de uma doença grave. Minha mãe fechou a cara e enfiou o dedo na boca, um hábito adquirido após a doença, depois olhou para mim com uma expressão maldosa e assustada, e cochichou:

— Que beleza seria, Issam, se Deus livrasse Huda desta menina. Ela ficaria com o tempo todo livre para me servir.

Balbuciei algo, incrédulo, mas minha mãe virou o rosto e fez um gesto com a mão, relevando as coisas:

— O que foi? Muitas crianças morrem, seria mais uma.

8.

Huda foi abandonada ainda bebê na porta de um orfanato. Uma senhora de Alexandria a pegou ainda criança para trabalhar como empregada na sua casa, e tinha o costume de, pelo menor dos erros ou desleixos cometidos por Huda, queimá-la no braço ou no peito, com uma colher aquecida no fogo. As dificuldades por que passou desde cedo marcaram seu rosto, e quando ardia de desejo parecia um cão perdido abocanhando uma comida inesperada, com um misto de gula e descrença.

Era o destino de Huda controlar a todos nós: eu, minha mãe e minha avó. Ela segurava nossas vontades na mão e apertava. Às vezes ficava bravo com ela — geralmente após ter me deitado e me saciado com ela —, repreendia-a como faz um patrão com sua empregada. Mas ela matava minha raiva com um único olhar depois do qual eu a abordava, apontando seu erro, com calma. Seu olhar me dizia: "Você esqueceu?", e com isso me arrependia durante uma semana ou duas de ter me zangado com ela. Chamava-a até meu quarto, ela chegava, entrava, fechava a porta e ficava de pé. Quando eu me aproximava, ela me empurrava rudemente e saía com um passo tranquilo que me matava. Provocava meu desejo e me largava. Uma vez, sua recusa durou mais de um mês, cheguei a implorar, sim, implorei! Olhou-me longamente para marcar mais uma vez sua vitória, e só depois me entregou seu corpo.

De noite, minha mãe chamava Huda duas ou três vezes para levá-la ao banheiro. Às vezes Huda fingia estar dormindo e não atendia. Minha mãe continuava a chamar, segurava sua urina, sofria e não parava de chamar e no final, quando minha mãe implorava chorando, Huda levantava de sua cama com a fleuma de uma deusa e levava minha mãe ao banheiro. Apesar das lágrimas, minha mãe não tinha coragem de repreendê-la, recebia-a com uma chuva de súplicas para que Deus a abençoasse. Já minha avó de oitenta anos, Huda a tratava com rudeza na frente de todos, e costumava se unir a minha mãe. Quanto se tem oitenta anos, ninguém mais o ama, porque os bons sentimentos também envelhecem, murcham e morrem, e porque viver mais do que o esperado é uma afronta aos outros. Com certeza, minha mãe e meu tio Abbas amavam muito minha avó há vinte ou trinta anos e, naquela época, quando pensavam no dia em que ela pudesse lhes faltar, ficavam muito tristes, mas agora tal dia demorava tanto a chegar que tinham a sensação de que minha avó era eterna e jamais seria removida pela morte.

A resposta de ambos a essa realidade incômoda era a indiferença. A apatia foi o castigo que minha avó recebeu por ter vivido tanto. Quando meu tio sentava com minha mãe, conversavam longamente, riam e tomavam chá sem nem mesmo olhar para minha avó, que ficava deitada numa cama no mesmo quarto. Ele ignorava sua presença e ela permanecia na cama, calada, em meio ao riso e à conversa, olhando para o teto com seus óculos tortos e seus olhos invadidos pela brancura da velhice. Seu sono podia durar horas, mas de repente ela se manifestava, perguntava aos presentes alguma coisa que indicava suas ideias atrapalhadas e sua falta de discernimento. Podíamos estar no meio do verão, ela pedia à minha mãe que a cobrisse com uma colcha porque sentia muito frio. Às vezes se dirigia ao meu tio como se ele fosse Huda, e outras vezes tentava descer de sua cama sozinha, várias tentativas solitárias e no final quase caía. Só então alguém corria para ajudá-la. A intenção de minha avó com aquela atitude era atrapalhar os outros e estragar a reunião que acontecia sem nenhuma participação dela. Com isso, ela chamava a atenção dos presentes, fazendo-os lembrar que era uma velha e que precisava de seu cuidado — inexistente por causa de sua ingratidão. Meses antes, minha avó havia começado a urinar na roupa, o que levou meu tio a trazer um médico para resolver esse novo problema. Quando o médico examinou minha avó, eu percebi que não tinha a menor noção do que acontecia; ele disse a meu tio que eram "sinais de idade avançada que não tinha tratamento", depois prescreveu um medicamento, do qual se devia dar a ela sete gotas, mas antes que Huda lhe desse a dose diária, minha mãe gritava:

— Ponha mais de sete, ponha dez ou doze gotas, quem sabe ela para com essa nojeira toda!

Minha avó escolhia muito bem a hora de urinar, fosse na presença de familiares ou de estranhos: quando os presentes já estavam todos confortavelmente sentados e conversando, minha avó urinava, espalhando desgosto e desânimo. Uma jovem, parente nossa, chamada Nádia, estava nos visitando e, quando viu minha avó levantar da cama, caminhar com passos lentos até o meio da sala, parar com o semblante inexpressivo, abaixar a cabeça como criança e fazer xixi, molhando sua roupa e deixando a urina jorrar no chão, essa nossa parente arregalou os olhos, como se não entendesse o que estava acontecendo, e depois se entregou a um pranto comovido, o que acendeu a ira da minha mãe e de Huda contra minha avó, e gritos se levantaram e se misturaram, mas o da minha mãe era mais alto, dizia:

— Mas que vergonha é essa, velha! Não dissemos desde manhã para ir à droga do banheiro!

Havia entre minha mãe com câncer que tinha pavor da morte e minha avó uma amarga animosidade, que no fundo talvez fosse um sinal de amor forte e profundo e de tristeza tremenda. Uma luta selvagem e triste, travada com unhas e dentes entre duas encarceradas numa cela apertada durante um longo tempo, após perderem toda esperança de libertação. Quando minha mãe lançava seus xingamentos e maldições contra minha avó, parecia-me ver uma leve tremura no semblante sempre inerte da minha avó. Sempre tive certeza de que ela ficava aborrecida pela humilhação, e devolvia à minha mãe, com maestria, a crueldade.

Certo dia, as duas estavam sozinhas em casa, e foi a oportunidade de minha avó. Naquela época o cabelo da minha mãe já tinha caído por causa da quimioterapia, e por isso ela cobria a cabeça calva com um lenço que deslizava com facilidade, deixando à vista uma superfície escura de pele descascada. Minha avó levantou da cama sem ajuda e atravessou o corredor até o quarto da minha mãe com passos lentos e pesados, que eram claramente ouvidos, e quando entrou no quarto, minha mãe gritou:

— O que quer aqui?

Minha avó não respondeu, aproximou-se da cama da minha mãe tendo no rosto um sorriso e uma ansiedade semelhantes aos de uma criança prestes a fazer uma brincadeira emocionante, perigosa e prazerosa. Minha avó se aproximou, estendeu a mão e puxou o lenço da cabeça, que apareceu nua. Minha avó olhou para minha mãe e disse com voz nítida:

— Por Deus! Onde foi parar seu cabelo?

Instantes depois, quando entrei, encontrei minha mãe chorando e gritando:

— Por que você está viva até agora? Por que não morre e nos deixa livre de você?

Vi minha avó sair da sala com os mesmos passos pesados, deixando atrás de si um turbilhão. Avistei naquele rosto velho um sinal de satisfação e alívio.

9.

Eu cheguei perto e vi, não estou arrependido nem feliz. Como você se sente ao examinar suas feições, bem próximo, num espelho? Um tanto espantado pelo que vê pela primeira vez de perto? Mas seu rosto — nariz, olhos, sobrancelhas e boca — confirma que é diferente dos outros.

É assim que me sinto agora. Tive a noção precisa da verdade. Peguei-a com minha mão, por isso fui condenado à solidão, o isolamento se tornou meu destino, porque compreendi. Alcançar o isolamento não foi fácil, ele foi chegando devagar enquanto eu seguia me esforçando. Tentei várias vezes e fracassei antes de afinal triunfar e me isolar. Diante de mim se formou uma parede inflexível, transparente, que permitia apenas observar, recuei até minhas fronteiras e fui tomado pela calma do cientista que mistura soluções em tubos de ensaio e espera o resultado da reação, anotando-o depois com precisão e objetividade em seu caderno.

Agora, não sou a favor nem contra nada. Sou totalmente sozinho, envolto pela solidão, pelo contentamento e pelo alívio. Não me preocupo mais em afirmar minha superioridade ou demonstrar aos outros sua inferioridade. O tempo de confrontos e de questionamentos já se foi. Levanto toda manhã, carrego meus livros, chego ao Departamento e passo o dia como se estivesse no meu escritório particular. Faço um plano das leituras do dia e o cumpro. Começo com os jornais, depois uma revista e em seguida um capítulo de Nietzsche ou de Spengler, e às vezes termino o dia com Shakespeare ou com um romance árabe. Raramente os funcionários falam comigo. Após minha briga com o dr. Saîd, perceberam que eu era um ser especial, e lidar comigo os cansa, pois os obriga a vários padrões não familiares e dolorosos de pensamento. Além do mais, já haviam tomado com relação a mim uma decisão sumária e silenciosa: continuar a vida como estavam acostumados e me deixar em meu canto escuro e ambíguo. De vez em quando se lembram de mim, quando uma funcionária dá à luz ou quando um funcionário se casa e se cotizam para comprar um presente. Eles mandam Abdulalim, o contínuo, que passou a falar comigo com respeito, e às vezes sinto, quando fixo o olhar nele, que seu rosto treme um pouco como se esperasse a qualquer momento um ataque da minha parte, jogando nele um objeto qualquer. Escondo um sorriso a essa imagem, pago o valor solicitado sem uma palavra sequer e retorno às minhas leituras. O isolamento é minha bênção, que preservo com afinco. Quando anoitece, vou ao ateliê do meu pai e me tranco. Passo dias sem ver minha mãe, desinteressado do que acontece na casa, até Huda raramente eu procuro. O intenso desejo fazia parte da vida da qual me retirei. No ateliê do meu pai, moldei para mim um outro mundo, belo e justo, nele me refugio toda noite como uma criança assustada que corre para o colo da mãe, cheira seu perfume, reclama e chora, depois se acalma, sossega e dorme. Meu belo mundo é envolvido pela névoa do haxixe como a rosa é envolta pelas pétalas. O haxixe é um sultão justo, lhe dá o que merece, cada um tem seu direito. Aos simples, o haxixe presenteia com risos alegres, mas os pensadores, quando o sultão notar seu gosto pela verdade, ele os pega pela mão, puxa-os para perto de si e lhes revela os segredos. Quando o gosto do haxixe toca minha boca e começa a surtir efeito, eu viajo pelos horizontes e aprendo. A verdade é única e eterna, dela sobressaem diferentes formas que se espalham, mas continuam unidas por linhas tênues e invisíveis ao longe.

Leio sobre Hamlet, Ali Bin-Abi-Talib e Sócrates, Eva Perón, Jihan Assadat e Aicha Bint-Abi-Bakr;* leio a respeito da Roma

* Ali Bin-Abi-Talib era primo e genro do profeta Maomé; Aicha Bint-Abi-Bakr era a segunda esposa do profeta, após a morte da primeira esposa, Khadija.

antiga, de Bagdá e de Nova York. Leia o que quiser, aproxime-se, olhe e verá as conexões existentes, e a verdade lhe revelará uma unidade maravilhosa. De tempos em tempos, tomo café da manhã com minha mãe. Observo-a lambendo com bestialidade quatro colheres de mel, depois toma um copo de leite e come um prato de ovos. Minha mãe me conta sobre os erros médicos no diagnóstico e afirma que nossos avós não conheciam doenças porque se alimentavam bem. Depois sorri suplicante e diz:

— Sabe, Issam? Eu não acredito numa palavra do que o médico me disse! Eu não tenho câncer, vou viver e enterrá-lo, o filho do cão!

Depois ri com vontade, olha para mim por entre as pestanas rapidamente e assim percebo que, se a contrariar, demonstrar tristeza ou sorrir com pena, estaria cortando uma linha tênue que ainda a liga a uma esperança misteriosa. Observo sua risada em silêncio e registro na minha mente com letras grandes: "Nossa vontade voraz de preservar a vida é algo realmente desprezível". Imaginem um funcionário ativo e eficiente que ama seu trabalho, ganhando o salário de cem libras egípcias, que nunca relega seu trabalho nem comete a menor falha, mas certa manhã seu chefe — sem motivo, exceto por capricho — o surpreende ao diminuir seu salário para dez libras apenas; que nome dão a esse funcionário se ele não largar imediatamente aquele trabalho? Não seria desprezível se continuasse fazendo seu trabalho por dez libras fingindo para o chefe que está satisfeito e feliz?

Se minha mãe retirar na frente do espelho o lenço da cabeça e olhar para seu rosto pálido e cansado depois colocar na sua frente uma fotografia antiga da época em que tinha o cabelo arrumado e bonito e um sorriso luminoso, no tempo da felicidade, se comparasse essas duas imagens e se perguntasse: por quê? Não recusaria e protestaria? Sua fraqueza não é desculpa, pois apesar dela é possível estabelecer um limite para uma grande e insana tirania. Um sopro de coragem. Um único sopro e o funcionário se recusa a trabalhar por menos e os elefantes esperam por sua morte e Muhammad Kurayim* rejeita pagar um resgate por sua vida, entregando-a aos inimigos franceses, e caminha para a morte, calmo, nobre e vitorioso e os ateneus ignorantes condenam Sócrates à morte e na noite da execução Platão se infiltra até ele levando um plano de fuga, e o mestre escuta seu discípulo atento até terminar, depois se recusa a fugir e Platão, surpreso, pergunta o motivo, e Sócrates, com um triste sorriso, responde:

— Porque virei minhas costas para este mundo vil.

10.

O fim. Estava sentado na poltrona do barbeiro. O barbeiro era, como costumam ser, pegajoso, curioso e fofoqueiro. Ele não gostava de mim, pelo simples fato de ter frequentado sua barbearia durante dois anos inteiros sem lhe ter dado a chance de saber algo sobre mim. Apenas meu primeiro nome. Tentou muito e insistiu para me obrigar a falar com ele, mas resisti, até que ele perdeu a esperança e começou a cortar meu cabelo sem abrir a boca. Quando o silêncio o cansava, dirigia suas conversas a outros clientes, enquanto eu ficava lendo. Naquele dia, tinha me esquecido de levar um livro comigo. Precisava ler algo, olhei então para as revistas dispostas no apoio do espelho na minha frente: exemplares de uma revista francesa chamada *L'Art du Décor*. Mesmo sem interesse pelo assunto, peguei uma revista e comecei a folheá-la e a ler alguns assuntos relacionados com decoração. Havia muitas fotos de móveis não convencionais, dei

* Muhammad Kurayim foi o governante de Alexandria que, por resistir à ocupação francesa iniciada em 1798, foi sentenciado à morte.

uma rápida folheada nas páginas e troquei a revista por outra, e na primeira página da segunda revista eu vi uma foto que me chamou a atenção e da qual ainda me lembro perfeitamente. Era a foto de um quarto de dormir moderno, com uma cama larga e baixa, próxima do chão, coberta por um lençol preto de seda. Na parede, um quadro grande representando um enorme e bem definido nariz, rodeado por muitas sombras com matizes em branco e preto. O chão do quarto era totalmente coberto por uma pele branca, a intercalação de branco e preto teve um efeito maravilhoso. Observei a foto, tive uma sensação bela e estranha, que sem demora se transformou numa paixão violenta. Passaram-se minutos enquanto sorvia a beleza da foto, virei a página e vi outra foto, mas não consegui me fixar nela, depois de um segundo voltei à outra foto e, quando o corte de cabelo terminou, disse ao barbeiro, enquanto o pagava:

— Posso ficar com a revista?

Aceitou imediatamente, pois era uma oportunidade para interferir nos meus assuntos, e rapidamente iniciou um longo discurso sobre a elegância da decoração francesa e perguntou:

— O senhor quer a revista por causa da casa nova? Mil parabéns, senhor Issam!

Desvencilhei-me do barbeiro, coloquei a revista embaixo do braço e fui de táxi para casa. Estava ansioso, parecia um adolescente guardando no bolso a fotografia de uma mulher nua, que corre para seu quarto, fecha a porta, retira a foto ofegante de desejo e se ausenta durante horas num prazer enorme, como se fosse real. Passei a noite fumando haxixe e olhando para a foto. Cada parte dela soprava em mim uma beleza diferente. O nariz saltando do quadro, o lençol desarrumado, o chão branco. Sorvi a beleza até ficar satisfeito, e quando me joguei na cama para dormir, a luz da alvorada já se infiltrava pelas aberturas da veneziana e percebi que estava iniciando uma experiência rica e estranha.

No dia seguinte, quando deixei o Departamento, não voltei para casa. Fui até a praça Suleiman, para a banca grande de jornais, o vendedor sorriu mostrando seus dentes dourados, apontou para o canto da banca e disse:

— À direita estão as revistas estrangeiras novas e à esquerda, as antigas, por um quarto do preço.

Não olhei as revistas antigas. Incomodava-me olhar uma revista estrangeira empoeirada ou rasgada. Permaneci ali um bom tempo, olhei, folheei, observei, e no final fui embora após comprar duas revistas: uma francesa (apesar de não saber francês) e outra americana.

11.

A noite passou como a anterior. Silêncio. Haxixe. Imagens. Sonhos. Tentei ler um artigo sobre política na revista americana, mas fiquei entediado e desisti. Só as imagens me atraíam. Tudo numa fotografia parecia bonito, até o menor detalhe tinha sua beleza discreta. Uma vida abundante, variada e bela. As ruas, os edifícios, as pessoas, até as chuvas, a neve e as praias. Artistas com barbas longas, parados diante de seus quadros. Músicos com suas roupas pretas sentados diante de instrumentos e partituras. Até as manifestações eram maravilhosas, centenas de pessoas caminhando numa praça ampla e limpa, rostos brancos e cabelos loiros, carregando cartazes e marchando em silêncio. Os policiais de corpos fortes, fardas elegantes e distintivos brilhantes circundando a manifestação, protegendo-a. Se acaso um político fizesse discurso, ele seria digno e sério e usaria elegantes óculos de aros dourados ou prateados. Terminei de ler as duas revistas e no dia seguinte comprei outras duas, depois mais duas, e ficava cada dia mais encantado e me afundava. Apesar da minha alegria com as compras diárias, peguei o vendedor de revistas mais de uma vez olhando para mim desconfiado e preocupado. Enquanto eu folheava as revistas, ele devia ter notado que olhava muito as fotografias, por isso se aproximou de mim e disse:

— Temos aqui dentro um pôster de que vai gostar, quer vê-lo?

Não sabia o que significava "pôster", mas quando fui atrás dele entendi que pôster era uma fotografia grande colorida que cobre a parede. Contei o dinheiro que tinha, mas não era o suficiente para comprá-lo. Não comprei, mas voltei para casa, peguei dinheiro emprestado da minha mãe, retornei à loja e de novo para casa com quatro enormes pôsteres. Tive que empilhar as telas do meu pai no canto a fim de abrir espaço para o pôster. Não senti remorso nem arrependimento, pois meu triste quarto passou a luzir com alegria. Deitado na cama, olhava para a casa campestre, de teto arredondado, rodeada por um pequeno jardim e um cercado baixo feito de tábuas de madeira branca, e atrás da casa um bosque fechado de altas árvores de sesbânia, era inverno e a neve cobria o chão; pequenas bolinhas fofas de neve caíam sobre as árvores e o teto.

O que estava acontecendo comigo? Eu não era adolescente. Estava com trinta e cinco anos e o tempo dos ímpetos e dos sentimentos frenéticos já se fora. Minha fixação por imagens estrangeiras tinha a ver com alguma ideia que eu precisava isolar e compreender. Por que a fotografia de um banco ou de uma cama me faz tão feliz assim: seria loucura? Os loucos têm com certeza uma lógica particular que desconhecemos porque nosso contato com eles se interrompe no momento em que começam a se comportar de forma diferente da nossa. Seria a loucura um desejo forte como este que me domina agora? Pensei muito e durante longas noites até chegar a uma conclusão, e de repente a verdade surgiu nua e crua. Eu não gosto das fotografias. Gosto do que provocam em mim. Nos casamentos e nas festas, as camponesas egípcias usam roupas rendadas, de muitas cores berrantes que não combinam, tingem as mãos e os pés com hena, depois alugam uma carroça puxada por um burro de olhos vendados e passam o dia sobre a carroça, batendo palmas, soltando gritos de alegria e cantando suas cantigas. A cena das camponesas sobre a carroça provoca em mim um sentimento preciso, caracteristicamente "egípcio", ao passo que a cena do bosque fechado coberto de neve, ou o artista com cachimbo e barba provocam em mim um sentimento "estranho". O espírito do "Ocidente" é o que me cativa nas fotos. Isso mesmo. O espírito ocidental nos rodeia, nós o vemos em tudo, mas raras vezes o destituímos de sua aparência. Tudo o que temos de elegante na nossa vida é necessariamente ocidental! Quer exemplos? O jaleco branco do médico, os aparelhos científicos e até mesmo os domésticos, a gravata de um ator de cinema, o carro luxuoso, moderno, tudo. Tudo o que admiramos pertence a eles. Quando meu pensamento chegou a esse nível de clareza, fiquei com medo de esquecer o que havia compreendido ou que fosse coberto por outras ideias menos importantes, por isso peguei um caderno na minha gaveta e escrevi na primeira página: "Agora entendo que fui encarcerado pelo espírito do Ocidente, e na mesma medida em que me certifico de nossa futilidade, vejo o espírito deles transbordando possibilidades maravilhosas".

12.

O mistério da paixão se desfez e meu interesse pelas fotos tinha de diminuir. As fotografias eram o meio para alcançar o Amado, e havia outros meios que me levariam para mais perto.

Por que não viver o espírito deles em lugar de procurá-lo nas fotos? Vivê-lo, respirá-lo, tocá-lo. Viajarei até eles, até seu sol, sua neve, seus edifícios e rostos, e se não puder viajar, procurarei por esse espírito aqui no Egito, pois eles estão sempre por aqui passeando nas ruas, e apesar de sempre tê-los vistos por aqui, nunca prestei atenção neles. É estranho viver a beleza dezenas de vezes, passar por ela sem notá-la, mas depois, num momento de divina inspiração, a encontramos e nosso corpo inteiro vibra num arrebatamento ardente.

Eu passava os dias no Departamento distraído e inquieto. Não lia nem olhava para ninguém. Imaginava aqueles que amava e ansiava por conhecê-los. Quando chegava a hora de sair do trabalho, eu me preparava às pressas para ir ao seu encontro, ia aos lugares onde estavam: as pirâmides, o Museu Nacional, a Fortaleza de Salah Addîn, todo dia me encontrava com eles num lugar diferente. Fingia olhar os lugares como eles faziam, seguia-os com o olhar faminto e guardava na minha mente os detalhes: seus rostos e corpos, risos e vozes que eu ruminava com prazer toda noite enquanto fumava haxixe. Às vezes perguntava: Deus não sabe que eles são suas criaturas superiores?! Deus pretende fazê-los sofrer como faz a nós? Será que Deus castiga suas pecadoras, seus ladrões e assassinos torrando sua bela pele branca? Impossível. Deus não criou essa maravilha para depois torrá-la. Certa noite, fiquei diante do espelho observando meu cabelo duro e meu rosto escuro e feio e me lembrei do rosto de minha mãe e de meu pai e de todos os meus conhecidos, e fiquei arrepiado. Corri para o meu caderno e nele escrevi: "Somos merecedores do sofrimento porque somos deformados".

Às vezes eu pedia dinheiro emprestado à minha mãe e outras pegava sem avisar na bolsa dela. Comprava roupas novas e elegantes e as trocava todo dia. Comprava maços de cigarro importados e ia ao encontro deles: nos festivais de culinária, nos centros culturais, nos concertos de música clássica, em todos os lugares onde sabia que eles podiam estar, e com o tempo me tornei um amante experiente — aprendi que a pizza italiana é fina com pouco recheio, mas a americana é grossa com muito recheio. Com uma simples olhadela, distinguia entre a retidão dos alemães, a fineza dos franceses, a vitalidade dos italianos e a natureza transparente e simples dos americanos. Todas essas belas variações, como cores alegres, pareciam inicialmente separadas, mas no final se juntavam para produzir luz. Os polos do amor e do conhecimento se juntaram e o círculo se completou, já estava qualificado para subir um novo degrau com o qual ficarei mais próximo do ponto de fusão do êxtase.

13.

O Centro de Cultura Alemã é um pequeno edifício elegante numa rua barulhenta. É uma exposição de fotografias. O fotógrafo recebe os visitantes. Um jovem alemão, de vinte e poucos anos, pequena barba pontuda, olhos azuis e cabelo longo como o das meninas, amarrado para trás, que lhe caía pelas costas. Cumprimentou-me agradecendo pela vinda, balbuciei baixinho algumas palavras em inglês. Os visitantes eram alemães e egípcios. Os alemães vestem calças jeans e camisetas esportivas e os egípcios estão muito bem-vestidos. Perfumes caros e roupas luxuosas, novas e brilhantes. Deixei o fluxo da multidão e comecei a exposição pelo final. Olhava sozinho as fotografias, algumas foram tiradas em Munique, cidade do fotógrafo, mas a maioria no Egito. Tratavam de tudo que provocasse a admiração dos turistas: uma carroça carregada de limão, um vendedor de alcaçuz, brincando com as latas, um homem com turbante comprando um pedaço de melancia. Parei diante da foto de um grupo de meninos na praça de Alhussein, corpos magros, rostos pálidos pela fraqueza e pouca comida, descalços, ali parados com suas túnicas rasgadas; estavam rindo diante das câmeras, um deles levantara a túnica, descobrindo as pernas, projetando o corpo para a frente num gesto obsceno.

— Esta fotografia ofende o Egito! Não acha?

Ouvi uma voz vinda de trás de mim, em inglês claro e tom amigável. Virei e a vi. Às vezes a gente está andando na rua num dia comum por um motivo banal quando câmeras o surpreendem, os transeuntes avançam em sua direção e o parabenizam por ter ganhado uma fortuna incalculável só por ter sido o primeiro a atravessar a rua naquela manhã. Semelhante surpresa eu tive quando a vi. Olhar azul profundo, impossível de não ser notado, como acontece com dezenas de olhares. Olhos dos quais não se pode escapar. Olhei para ela e gaguejei, depois falei com uma voz grave para esconder meu nervosismo:

— Por quê? Não vejo nada de ofensivo na foto!

Aproximou-se mais, o sorriso se alargou. Brilhou. Disse:

— Eu sei que há coisas muito mais bonitas para se fotografar no Egito além de crianças descalças.

Agora consegui distinguir um narizinho, lábios rosados carnudos e um comprido cabelo amarelo que ela deixou cair por cima dos ombros. O corpo era cheio e maduro, e, evitando olhar seus seios firmes e apetitosos, eu disse:

— Se não fotografar os descalços, os pobres e as montanhas de lixo do Egito, o que fotografar: as pirâmides e a esfinge?

Fui irônico e ela notou um tom amargo na minha fala. Perguntou-me, surpresa:

— Você é egípcio?

— Sim, infelizmente.

Sua surpresa aumentou e não respondeu. Olhei de novo para a fotografia, depois caminhei para a próxima, parei e fiquei olhando. Meu coração bateu forte, tremeu quando senti seus passos atrás de mim, depois a senti perto de mim e ouvi sua voz dizendo:

— É estranho se sentir infeliz por ser egípcio. Desde pequena eu queria tanto ter nascido egípcia.

O rosto ficou vermelho e um olhar sonhador pairou sobre os olhos dela. Eu ri e disse:

— De onde você é?

— Sou alemã, mas gosto tanto do Egito. Amo de paixão!

— Você gosta do Egito exatamente como gosta de uma apresentação exótica num circo ou de um animal raro no zoológico, mas, acredite em mim, se nascesse egípcia teria sido uma tragédia.

A conversa tinha de se estender. Ela mostrou sua surpresa diante da minha opinião e disse que vivera dois anos no Egito, durante os quais conheceu dezenas de egípcios, mas que nunca ouvira ninguém emitir opinião parecida. Eu segui defendendo calorosamente meu ponto de vista e ela me escutava enquanto se desenhavam no seu rosto traços de surpresa e incredibilidade, o que me fazia insistir mais. Disse a ela que o Egito era um país morto, que as civilizações são como os seres vivos, nascem, crescem, envelhecem e morrem, e que nossa civilização havia morrido fazia centenas de anos sem que tivesse esperança de ressuscitar. Disse a ela que os egípcios têm espírito servil e escravo, e só entendem uma única língua, e lhe contei a história de Mutanabbi quando ela veio ao Egito e lhe traduzi seu verso célebre: "Não compres o escravo a não ser junto com a vara/ Escravos nada são além de pecaminosos, desgraçados".* A conversa nos envolveu por completo e não tínhamos mais interesse em olhar as

* Abu Attayib Al-Mutanabbi (915-65) é considerado um dos maiores poetas de língua árabe.

fotografias, perdemos a noção do tempo. Vimo-nos no final, caminhando em direção à saída. Ela parou e eu também, seu olhar fixo atingiu meu coração, e ela disse, sorrindo como sempre:

— Eu lhe agradeço muito mesmo pela conversa interessante. Estou feliz de ter conhecido a opinião de um egípcio instruído sobre seu próprio país. Está certo que não concordo com você, mas respeito sua opinião porque é autêntica. — Depois riu e continuou: — Imagine, eu nem sei seu nome.

Eu ri do fundo do meu coração enquanto ela tentava pronunciar meu nome e se atrapalhava. Perguntei-lhe o dela, e ela respondeu:

— Meu nome é Jutta.

Enquanto pronunciava seu nome, arredondou os lábios num círculo vermelho delicioso, depois levantou os ombros e disse:

— É um nome alemão comum, você gosta dele? — Fiz que sim com a cabeça, ela estendeu a mão para se despedir e disse: — Issam, estou feliz por encontrá-lo, espero ter a oportunidade de continuar nossa conversa. — Depois se virou para ir embora, quando eu gritei:

— Para onde está indo agora?

— Agora?

Parecia pensar sobre o que havia por trás da pergunta, e depois respondeu devagar:

— Não tenho nada especial para fazer.

— Vamos continuar nossa conversa em outro lugar? Eu a convido, alguma objeção?

Olhou-me seriamente por um instante, assentiu e em poucos minutos estávamos dentro de um táxi, e eu disse ao motorista depois de hesitar um pouco:

— Hotel Semíramis.

14.

Eu não era corajoso nem experiente com as mulheres, e quando me lembro do que fiz com Jutta, minha audácia me surpreende, a ponto de achar que quem fez aquilo foi outra pessoa. Uma pessoa atrevida, poderosa, que se infiltrou em mim e me fazia ir adiante. Enquanto eu relutava, ela insistia, dominava minha fraqueza, me dando força. Quando ocorre um incêndio, quando uma pessoa está a ponto de se afogar, ou quando algo incrível acontece, a mais insignificante das pessoas na vida normal pode se transformar num instante num ser extraordinário ao fazer coisas que nem ele nem os outros imaginavam. Essas forças estavam escondidas dentro dele. Eu convidei Jutta para me acompanhar? Eu, o derrotado, que fico confuso com o olhar do porteiro, que me deixa sem coragem de olhar para ele, que fico encabulado com o simples rosto de uma mulher bonita! Sentei-me perto dela no táxi, admirando-a. Tinha cruzado os braços e virado sua cabeça para olhar o caminho da janela. Estava de jaqueta jeans azul sobre uma camiseta preta que evidenciava seu pescoço branco, uma calça larga de um tecido branco leve e um sapato preto simples. O cabelo fora lavado, mas não penteado — um bosque fechado de madeixas entrelaçadas. No espelho retrovisor, vi o motorista olhar e sorrir, pois para ele a única explicação para minha relação com Jutta era a minha potência sexual. Era o máximo que um serviçal como ele podia compreender. De repente senti raiva do motorista, mas disfarcei e perguntei a ela:

— O que faz no Egito?

Rindo, ela respondeu:

— Oh, essa é uma longa história. Cheguei com um grupo de turistas, mas amei o Egito a tal ponto que atrapalhou toda a minha vida. Quando voltei à Alemanha, tudo me parecia entediante até a morte, então decidi me estabelecer no Egito e cá estou...

— Você trabalha?

— Sim, um amigo egípcio mexeu uns pauzinhos e me arrumou o trabalho de secretária numa empresa de importação e exportação. Ganho bem, mas a cada seis meses pago uma fortuna para renovar meu visto de residência.

Talvez tenha percebido que me distraí um pouco, por isso perguntou:

— É muito estranha minha história?

— Sim — respondi, hesitante.

O hotel estava cheio — um teto alto, de onde pendiam enormes lustres valiosos, corredores, luzes, empregados com trajes pretos, quando atravessei a entrada ela me perguntou se conhecia o lugar, disse-lhe que não, ela assentiu com a cabeça, subiu a escada de mármore, eu a segui até o bar. Ela me parecia conhecer muito bem o lugar. Fomos recebidos por um garçom elegante que nos conduziu a uma mesa no balcão que dava para o Nilo, Jutta me perguntou se eu me incomodava que ela pedisse bebida alcoólica.

— Ficaria incomodado se pedisse outra coisa! — respondi.

Quando ria, seus lábios mostravam pequenos dentes brancos bem regulares. O garçom trouxe uma garrafa de cerveja para mim e um copo de gim para ela, fiquei preocupado ao lembrar que tudo o que tinha eram trinta libras, mas me acalmei ao pensar que eram suficientes para mais uma cerveja e um gim. Ao longe, na outra margem, as luzes dançavam e soprava um vento noturno um tanto frio que empurrava a superfície d'água, quebrando-a em pequenas ondas que provocavam um burburinho baixo. Jutta tomou um gole de sua bebida e olhou para o Nilo, pareceu-me extasiada, e depois me perguntou num tom meio crítico, meio jocoso:

— Como alguém pode odiar um país com esta beleza?

— Acredite, as atrações naturais na Alemanha não são menos belas, mas você está acostumada a elas, e tudo que é familiar perde o encanto.

— Isso não é verdade, afinal dois anos depois, o Nilo continua me encantando, talvez até mais do que no início. Além disso, lembre-se que não gosto apenas das paisagens do Egito.

— De que outras coisas você gosta? — perguntei, com ironia, e já estava um pouco bêbado.

— As pessoas. São extremamente acolhedoras e boas.

Soltei uma risada alta; uma senhora na mesa ao lado olhou para mim. Jutta então me perguntou:

— O que o faz rir tanto?

— Sua opinião acerca dos egípcios. De que sentimentos bons você está falando? Os egípcios não passam de insetos peçonhentos. Essa é a descrição científica deles.

— Mas eu não notei isso.

— É claro que não notou, porque é estrangeira e é mulher e bonita! Escute: devemos considerar esse garçom um homem bom só porque nos trata com educação? O tratamento polido que ele dá aos clientes foi ditado por circunstâncias maiores que ele. Se quiser saber a verdade sobre ele, pergunte a algum vizinho ou familiar dele.

Apoiou o queixo nas mãos, olhou para mim um segundo e disse:

— Seu jeito de falar é agressivo e sua visão é raivosa, mas até que me agradam.

Pedi mais um gim e uma cerveja e senti uma tremenda vontade de conversar, de falar, pois não queria que ela ficasse entediada, mas eu estava sem jeito de me expor diante dela, contudo o álcool já estava correndo em mim, me fazendo falar com entusiasmo. Disse-lhe tudo, falei do meu pai, do Departamento de Química, até da empregada Huda, enquanto ela me escutava interessada. De vez em quando me interrompia para perguntar algum detalhe e às vezes eu gargalhava de tanta amargura. Nesse momento, ela não ria comigo, apenas me olhava com seus olhos fundos e eu sentia que ela me entendia, e quando terminei, o bar estava quase vazio, ela disse devagar, enquanto olhava seu copo e o girava nas mãos:

— Issam, eu não quero comentar suas palavras, temo que meu comentário pareça bobo ou pueril, mas agora me lembrei de Frederick, um amigo alemão que foi o primeiro a me falar do Egito. Ele é engenheiro e passou dez anos aqui. Sabe o que ele me disse? Disse que tinha visitado a maioria dos países do mundo, mas em nenhum lugar havia tanta gente de talento como no Egito, mas que sentia pena porque eles enfrentavam muitas dificuldades.

Ela disse isso olhando para mim, fazendo um gesto bem devagar com a cabeça, como se para enfatizar. Naquele momento passou pela minha cabeça que seu rosto tinha duas formas diferentes: uma, delicada, sonhadora, parecendo uma linda criança alegre; e outra, cujos traços mudavam, dando a seu rosto um jeito rigoroso.

— Aceita mais um? — eu disse.

Ela respondeu com gentileza:

— Me desculpe, mas já é tarde, preciso ir.

Talvez tenha ficado evidente minha reação preocupada quando vi a conta, por isso ela aproximou a cabeça e disse baixinho:

— Podemos dividir.

Recusei e agradeci, paguei a conta e deixei duas libras de gorjeta. Levantamos, descemos a escada em silêncio. Havia uma pergunta insistente no ar e eu tinha certeza que ela sabia o que se passava na minha cabeça, porque logo que saímos para a rua Jutta se adiantou oferecendo a mão e dizendo:

— Eu agradeço muito. Foi uma noite muito agradável. Espero que a gente possa se encontrar sempre. Você tem telefone em casa?

Olhei para ela e de supetão disse em tom decisivo:

— Não vou largá-la.

— O que quer dizer? — perguntou, rindo.

— Você sabe o que quero dizer. Não consigo largá-la. Quero ficar com você.

Estava atônito com minha audácia. Jutta olhou para mim como se me examinasse e seu rosto retornou ao semblante severo. Ela disse, como quem pesa as palavras:

— Issam. Escute. Na verdade, eu o admiro e você me interessa muito. Não há o que me impeça de levá-lo para a minha casa. Mas isso vai causar um problema desnecessário.

— Que problema é esse? — perguntei e, suspirando, ela disse:

— Antes de vir para o Egito, o Frederick me alertou para o fato de que os egípcios têm seus próprios costumes. Você entende, é claro. Mas eu ignorei o alerta e não levei a sério. Certa noite, tentei receber um amigo no meu apartamento, o que provocou a ira do Mister Chaaban e quase resultou num escândalo.

— Quem é este Chaaban?

— Chaaban, o quitandeiro. A loja fica embaixo do meu apartamento e ele fica acordado até depois de meia-noite, e não quero ter problemas com ele. É um homem religioso e conservador, não aceita que eu traga um homem para o meu apartamento, foi isso que ele me disse claramente na primeira vez.

— Vai deixar um quitandeiro controlar sua vida particular? — Dei por mim gritando, ardendo de raiva.

— Peço encarecidamente que me entenda. Não quero ofender o homem, e sei que desafiar os costumes no Egito pode levar a uma catástrofe. Foi o que Frederick me disse.

Minha fúria chegou ao auge, fiquei quieto um instante, mas de repente me vi agarrando sua mão, puxando-a, enquanto ela gritava:

— Issam, espere, por favor! Estou falando sério!

Não me importei com o que ela dizia, puxei-a e a fiz entrar num táxi que estava parado na frente do hotel, sentei a seu lado e cochichei no seu ouvido num tom imperativo:

— Diga ao motorista o endereço!

Olhou-me hesitante depois disse, dirigindo-se ao motorista em árabe com sotaque: Madinet Nasr, rua Abbas Al'aqqâd.

No caminho para lá, chegamos a conversar, mas havia uma tensão que dava um jeito de interromper o fluxo. Eu não estava com medo. Sentia um impulso forte que percorria meu corpo, certamente era a bebida, mas estava ciente de que vivia os momentos mais importantes da minha vida e que tinha que me agarrar a eles com toda a força, do contrário escapariam para sempre. Estava pronto para enfrentar Chaaban e, caso se opusesse à minha subida com ela, o golpearia. Pegaria qualquer objeto pesado na sua loja e bateria com força na sua cabeça. Não me importava se o matasse, não deixaria Jutta escapar de mim e não permitiria que ninguém ficasse entre nós. Quem é Chaaban? Diz-se religioso! Com certeza enganava os clientes, trapaceava e rezava nas horas certas, desprezível, idiota, metido e vingativo como qualquer egípcio. Falarei com ele na língua que entende, *não compre o escravo a não ser junto com a vara*. Jutta fez o táxi parar alguns metros antes da chegada, descemos, o carro partiu, cochichou tensa enquanto olhava na direção da casa:

— A loja de Chaaban está aberta, vamos ter problemas!

Puxei-a pela mão e seguimos em frente, e eu lhe disse confiante:

— Quando a gente chegar à entrada do prédio, siga na minha frente e deixe-o comigo.

A loja era pequena, em cima da porta trazia o nome "Quitanda da Fé". Havia um homem gordo, barbado, de túnica branca juntando coisas, puxando latas e barris para dentro da loja, preparando-se para fechar. À medida que me aproximava, parecia-me que era um homem ranzinza e que o confronto não seria fácil. Chegamos à entrada, Jutta se apressou para dentro enquanto eu fui diminuindo os passos até parar, virei para Chaaban, que havia largado seus barris e latas e se aproximou, me olhando com cautela, olhei para ele com raiva e disse em voz alta:

— *Assalamu alaikum*![*]

Não respondeu. Olhava-me calado enquanto passava seus dedos pela barba. Estava medindo a situação antes de interferir. Olhos pequenos, olhar astuto, testa larga com uma mancha escura redonda no centro. Seria este o rosto de um crente? E como se sente realizado! Sem dúvida pensava que Deus estava completamente satisfeito com ele. Detesto esses animais. Ignorantes, abjetos e arrogantes. Aproximei-me mais até ficar de frente para ele, a pequena distância que nos separava trazia seu rosto no alcance dos meus golpes. Fixei nele meu olhar e disse em voz alta e provocadora:

— Disse "*Assalamu alaikum*"!

Parecia inicialmente não compreender, talvez tenha ficado perplexo com a minha aproximação ou quem sabe sentiu o cheiro de álcool na minha respiração, porque de repente baixou o olhar, se virou dirigindo-se aonde estava inicialmente enquanto balbuciava:

— *Wa-alaikum Assalam wa rahmatu Allah*. Bem-vindo!

Chaaban recuou, voltou a suas latas. Permaneci ainda um instante observando-o para me certificar de que retomou seu tra-

[*] *Assalamu alaikum*, "a paz esteja com você", é uma saudação islâmica, à qual um muçulmano deve responder *Wa-alaikum Assalam wa rahmatu Allah*, "e com você a paz e a misericórdia de Deus".

balho como se nada tivesse acontecido. Só então me afastei devagar, para não sugerir fraqueza que pudesse fazê-lo mudar de ideia. A cada passo que dava em direção à entrada, era como se pisasse na sua enorme cabeça estúpida. Jutta me esperava na entrada. Estava contente, me perguntou alegre enquanto subíamos a escada até seu apartamento:

— O que fez com ele? Ele não se opôs?

Respondi vaidoso, como se o que acabara de acontecer fosse um evento corriqueiro:

— Tratei-o como um egípcio deve ser tratado.

A porta se abriu e o apartamento nos recebeu com um cheiro úmido. Jutta esticou a mão e acendeu a luz. Uma sala ampla, uma cozinha, um banheiro e um quarto interno separados da sala por um corredor comprido. Os móveis — iguais a todos os apartamentos mobiliados — pareciam velhos, usados e falsos como num cenário ruim de uma peça de teatro. Sentei-me num sofá vermelho comprido de frente para uma mesa na qual vi papéis espalhados, dinheiro e uma revista alemã aberta. Jutta sorriu e pela sua voz deu para entender que já estava se sentindo uma anfitriã:

— Não tenho nada para beber além de duas garrafas de vinho tinto, o que acha?

— Ótimo!

Entrou na cozinha e logo voltou com uma bandeja sobre a qual posicionou uma garrafa de vinho e duas taças. Enquanto me servia, disse:

— O vinho tinto deve ser tomado na temperatura ambiente, mas eu o prefiro gelado, espero que não tenha problema para você.

— Está bem — disse, tomando um gole do meu cálice.

Enquanto colocava vinho em seu copo e seu cabelo amarelo lhe caía nos olhos, e ela o afastava com sua mão delicada, tudo parecia parte de um sonho cor-de-rosa, belo demais para acreditar.

O vinho tinha uma ardência deliciosa. Jutta me perguntava com seu rosto sério:

— Você acha que Chaaban vai chamar a polícia?

— O quê? — ela caiu na risada, depois seu sorriso era de desculpas. Ela me disse:

— Não pense que estou com medo! Não sou covarde, mas não gosto de encrencas e eu conheço os fanáticos. São todos iguais. Na Alemanha, também temos fanáticos como Chaaban.

— Será que podemos esquecer o assunto Chaaban por completo?

Perguntei sorrindo, ela respondeu com um aceno de cabeça e depois falou, alegre:

— Sabe, Issam, nosso encontro hoje foi a coisa mais estranha que me aconteceu na vida.

Eu ri, mas nada falei, ela seguiu apoiando suas costas no encosto do sofá:

— Não sou uma menina certinha! Muitas vezes me envolvi em relações apenas porque me sentia entediada, ou porque um homem me atraiu num dado momento. Chamávamos essas relações de "relações de uma noite só", mesmo assim é a primeira vez que me envolvo tão rápido com um homem. Imagine que há poucas horas a gente não se conhecia e, se tivéssemos nos encontrado na rua, nenhum de nós iria olhar para o outro, mas aqui está você passando a noite no meu apartamento, e é como se eu o conhecesse há muito tempo.

O vinho afastou o receio que ainda havia, levantei, aproximei-me dela, peguei sua mão e a beijei, aproximei meu rosto do dela, mas ela se afastou rindo:

— Não, não tão rápido assim! Seria muito cômico se tivéssemos entrado pela porta do apartamento direto para o quarto!

Sentei, me servi de mais um cálice de vinho, pensando que tudo que estava acontecendo era tão bonito que desejei poder ir devagar para saborear cada momento. Sempre queria gozar rapidamente, e quando chegava ao clímax, eu o via luzir e se apagar, me deixando apenas a agradável lembrança de algo que já foi. Então me sentia triste e me repreendia por ter apressado o momento, pois podia guardá-lo por mais tempo entre os dedos.

— Você sabe que sua aparência engana?

— Como assim?

— A primeira impressão que tive de você foi que era tímido, não audacioso, mas logo descobri o contrário.

— Sua primeira impressão estava correta, meu comportamento esta noite é surpreendente até para mim. Na verdade sou uma pessoa fraca e normalmente incapaz de confronto.

— Não acredito nisso.

— Pelo menos eu era essa pessoa até poucas horas atrás.

— O que quer dizer? — perguntou sorrindo e se aproximando de mim com o rosto corado.

— Quero dizer que agi com coragem esta noite porque estou com você.

Ela se aproximou mais e sussurrou:

— Gosto de suas palavras.

Beijei-a, ela recostou a cabeça e disse:

— Estou com preguiça! Podia levantar e trazer a segunda garrafa da cozinha?

Beijei-a enquanto me levantava. Senti a textura de sua bochecha tremer sob meus lábios, cobri-a então de beijos. Ela se acalmou entre meus braços, depois sorriu, abrindo os braços, e disse:

— Você viu o que fez comigo?

Seu braço estava arrepiado.

— O que isso quer dizer? — perguntei.

— Isso quer dizer algo muito importante — respondeu rindo.

Beijei-a novamente e não conseguia mais ver direito. Enfiei meu nariz no seu cabelo e tudo se dissolveu numa beleza mágica. Ela sussurrou para mim:

— Que tal fazermos um acordo? Você pega a garrafa na cozinha e eu vou indo na frente para o quarto.

As luzes de três velas dançavam na escuridão do quarto. Luz e penumbra se misturavam e também o gosto do vinho, a quentura e um perfume agradável que vinha do corpo dela. Abracei-a, meus sentidos se expandiram, fincando suas raízes enquanto eu voltava ao momento real que conheci uma única vez há muito tempo e perdi, e ao qual agora retornava. Queria tanto lhe sussurrar o que sentia, que podia contê-la nos meus sentidos como a continha com meu corpo. Um sonho mágico me resgatou da minha realidade feia e inimiga que tanto me derrotou com seu golpe cruel.

— Estou com sono — disse. Depois se aproximou mais de mim e cochichou: — Queria que você me abraçasse até o amanhecer.

Observei seu rosto tranquilo enquanto era atingido pouco a pouco pela calmaria do sono.

Eu tinha certeza de que você nasceria como o sol, e por isso a esperei. Contei a todos a seu respeito, mas ninguém acreditou, aguentei a dor e não perdi a esperança um segundo sequer. Eu acreditei em você. Acreditei que um dia de repente repontaria para curar, com suas mãos, as feridas da crueldade e desfazer a noite com teu sorriso. Então não restariam senão lembranças terríveis e desoladoras da solidão, da impotência e da dor, que sobre seu peito eu verteria, abraçando-a para poder me acalmar e dormir.

Na escuridão, meu rosto se encolheu. Um tremor passou por mim e eu chorei. As lágrimas molharam seu rosto; acordou, acendeu o abajur, olhou para mim, assustada e perguntou:

— Você está chorando?

Não respondi. Ela se calou por um segundo como se tivesse compreendido, depois olhou para o relógio e disse:

— Seis horas! Tenho que levantar agora! Preciso estar no escritório em uma hora. — Levantou e caminhou nua até a janela e a abriu. A luz entrou e uma brisa fria escapou para dentro. Olhou rapidamente seu rosto no espelho e me perguntou:

— Chá ou café?

Enquanto tomava café, eu lhe perguntei:

— Vou vê-la esta noite?

— Se você quiser muito...

Não comentei, apenas sorri.

— Pode me pegar no escritório depois do trabalho. Eu saio às três.

Quando descemos, a loja de Chaaban estava fechada e a rua, totalmente vazia. Ela me disse:

— Quer conhecer onde trabalho? É perto, no fim da rua. — Caminhei a seu lado por um tempo, até que ela parou na frente de um pequeno edifício de dois andares. Na varanda do primeiro, uma placa dizia: "Mustafá Yusri: Importação e Exportação". Jutta apontou para a placa e disse: — Trabalho aqui, no primeiro andar, apartamento 3.

Olhou para os lados, aproximou-se, me deu um beijo rápido no rosto e disse baixinho:

— Vejo você às três. — Então entrou no edifício.

Caminhei até chegar à rua principal, parei um táxi, ainda havia vestígios de sono no rosto do motorista. Olhei pela janela.

As ruas já tinham movimento. Pessoas se amontoavam como todas as manhãs no ponto de ônibus, para iniciar mais um dia com os rostos cansados de ontem. Foi estranho para mim que nada houvesse mudado naquela manhã. Esperava que tudo parecesse de outra forma, nova, maravilhosa, mas tudo estava como se eu não tivesse conhecido Jutta, como se não tivesse os momentos mais felizes da minha vida e como se um homem forte não houvesse nascido dentro de mim.

Logo que entrei em casa, minha mãe me recebeu com um grito choroso:

— Meu coração e meu Deus execrarão você até o Dia do Juízo Final!

Ignorei-a e me dirigi em silêncio para o meu quarto, mas ela foi atrás de mim no corredor, pegou minha mão e disse:

— Isso é coisa que se faça, Issam? Não tem dó de mim? Me deixar preocupada? Como se não soubesse que estou doente e meu estado não suporta preocupações!

Tudo que a interessava era o efeito da preocupação sobre sua saúde. Olhei para ela, bem no fundo de seus olhos até que não mais distinguisse nenhum detalhe, e a vista enevoasse. Isso durou alguns segundos e, quando voltei a mim, segui em passos cansados para meu quarto enquanto ela choramingava e lastimava sua sorte.

Sabia que não poderia dormir, por isso nem tentei muito. Abri a janela, os raios do sol se espalharam em todos os cantos do quarto. Huda me trouxe os jornais e o café. Passei meus olhos pelas manchetes e deixei os jornais de lado. Não conseguia me concentrar. Estava à espera das três horas e não conseguia pensar em mais nada. Às três horas vou encontrá-la, beijá-la, abraçá-la, e ela vai dormir sobre meu braço como aconteceu no dia anterior. O tempo passou como um século, e perto das duas horas, levantei, tomei banho, me vesti, minha mãe me viu e correu atrás de mim assustada:

— Vai sair?

— Sim — balbuciei sem olhar para ela, que então me pegou pelo braço e disse:

— Não saia, pelo Profeta. Você não dormiu e está tenso.

Soltei meu braço com violência, saí batendo a porta atrás de mim com força.

O tempo estava quente. O suor jorrava pela minha testa, enquanto esperava o metrô no meio da multidão. Pensei em economizar o dinheiro do táxi. Ainda me restava uma hora e com certeza iria precisar de dinheiro à noite. Meia hora depois o trem do metrô chegou, estava lotado, me enfiei no meio dos passageiros, seus corpos tamparam toda a luz, fui rodeado pela escuridão. Cheguei a Medinet Nasr e tirei do bolso o papel onde tinha anotado o endereço de Jutta, com medo de esquecê-lo. Caminhei dez minutos até chegar ao escritório.

Estava mais quente ainda, querendo me refrescar abri os botões da camisa. O edifício estava lá como esteve de manhã, com o mesmo cartaz "Mustafá Yusri: Importação e Exportação". Desejei dessa vez que o porteiro me parasse quando eu estivesse entrando. Desde ontem tinha me tornado forte e dono de mim mesmo. Vou me livrar dele com segurança e habilidade. Ninguém me deteve, e quando entrei meu coração batia com força. Logo verei a Jutta. Será que avanço, lhe dou um abraço e cubro seu rosto de beijos na frente dos colegas? Fui pensando nisso. O escritório em frente à porta estava vazio, pelo maço de cigarros e o jornal aberto eu podia supor que um funcionário havia saído por alguma razão e logo estaria de volta. No canto da sala estava uma mocinha, usava véu e datilografava. Parei um minuto diante do escritório vazio, depois me dirigi para onde a jovem estava sentada. Parou de escrever, levantou a cabeça, era bonita, mas seu olhar era inexpressivo. Já que não me conhecia, não me cumprimentou, nem sequer ficou surpresa ou incomodada com a minha presença, e se não houvesse respondido minha saudação com um pequeno aceno de mão, eu acharia que não havia me visto.

— Por gentileza, gostaria de falar com a senhorita Jutta.

— Quem?

— Senhorita Jutta, a alemã.

A moça sorriu. Mais tarde, quando me lembrei daquele sorriso, entendi tudo. Disse, retomando a datilografia:

— Não temos ninguém com esse nome trabalhando aqui.

— Como não? Ela trabalha aqui, estou certo disso. Eu tenho um encontro com ela. Por favor, avise-a que Issam está esperando por ela.

Não olhou para mim dessa vez, ficou batendo nas teclas da máquina. Sua atitude me irritou, por isso me aproximei e gritei:

— Você, senhorita! Não está ouvindo? Disse para avisar Jutta que estou aqui.

Levantou a cabeça, olhou-me calada, retomou a datilografia. Perdi totalmente a cabeça, comecei a gritar, xinguei-a e depois a empurrei pelo ombro. Senti na minha mão a dureza do osso do seu ombro. Por causa do barulho, alguns funcionários apareceram. Um homem magro e calvo, com seus quarenta anos, em um elegante terno cinza, com olhos grandes e firmes, aproximou-se de mim e perguntou com aspereza o que eu desejava. Respondi que queria ver Jutta e, quando me deu a mesma resposta que a menina me dera, parti para a cara dele, mas ele apertou meu pulso, senti dor e fiquei paralisado. Comecei a gritar, a xingar todos eles enquanto ouvia uma mistura de "louco", "polícia", e de repente me vi sendo puxado pelo homem de terno cinza em direção à porta. Então me empurrou, batendo nas minhas costas com tanta força que me pôs para fora do apartamento.

Desequilibrei-me e quase rolei pela escada. Ele rapidamente fechou com força a porta do escritório.

Desci a escada rapidamente e saí do prédio. Não sentia raiva nem surpresa. A sensação era de quem no último minuto deseja evitar uma catástrofe certa, comecei a correr pela rua, de soslaio via as pessoas pararem e olharem surpresas em minha direção. Em poucos minutos cheguei à casa da Jutta. Parei um pouco na frente da casa, estava ofegante e o suor caía por minha testa e pescoço. Aproximei-me da entrada, mas uma voz rouca me deteve:

— Está indo para onde, irmão?

Era uma entonação atrevida. Só podia ser Chaaban! Virei e era ele, com sua barba e a marca escura na testa e seu jeito desprezível. Chaaban, de pele grossa que brilhava de gordura e petulância. Avancei em sua direção e lhe dei um golpe na cara, o que fez seu enorme corpo balançar, e antes que recuperasse o equilíbrio lhe dei outro e o chutei na barriga, então caiu no chão e me joguei sobre ele, golpeando-o na cabeça até sentir a viscosidade do sangue entre meus dedos.

A armadilha foi muito bem-feita. Agora que relembro os eventos e os detalhes com calma, admiro-os pela habilidade e o planejamento cuidadoso.

Realmente, armaram tudo com esmero. Chaaban disse no interrogatório que não me conhecia e que não havia hostilidade preexistente. Disse que me vira entrar no prédio na noite anterior, mas ficou com medo de me interpelar porque percebera que eu estava alcoolizado, temia que o machucasse e negou como todos os outros, os moradores, o proprietário, o porteiro, que havia uma jovem alemã morando no edifício. Ademais, Mustafá Yusri, o dono do escritório — o homem calvo de terno cinza — me acusou no depoimento de ser louco e negou que uma moça alemã tivesse trabalhado um dia sequer no seu escritório. Até o garçom do bar no Semíramis, quando chamado pelo policial, disse que eu passara a noite anterior no bar e que bebera muito, mas negou que uma moça estrangeira tivesse estado comigo e afirmou que eu chegara e fora embora sozinho, perto de uma e meia da manhã. E quando o investigador lhe perguntou se notara algo anormal no meu comportamento, respondeu que eu falava sozinho em inglês, com voz alta e rindo, mas considerou isso normal devido a meu estado de embriaguez.

15.

O círculo se fechou em torno de mim, não havia uma única abertura pela qual escapar. Todos conspiraram contra mim. Todos que conheciam meu valor e que ficavam irritados com minha superioridade. Todos que eu detestava e desprezava, o dr. Saîd, Chaaban, o garçom, até minha mãe, Huda, minha avó idosa, todos se uniram para impedir um perigo iminente que iria aniquilá-los, eu, quem se aproximou e enxergou. Todos conspiraram contra mim e conseguiram, me isolaram num lugar especial e me deram roupas especiais, apertaram o cerco, nada podia fazer exceto me entregar, e foi quando fingiram ter pena de mim. Eles me visitam e me trazem flores, caixas de chocolates, e falam com o médico sobre meu estado. Desenham no rosto sinais de preocupação e esperança, depois se despedem de mim com um olhar pelo qual se tranquilizam de que eu não poderia escapar de seu cerco, depois vão embora.

Acabaram as folhas do caderno.

O bobalhão

Por uma razão desconhecida, a inteligência acabou sendo relacionada com o brilho dos olhos. Assim, quem quisesse provar que era esperto, passava a fixar os olhos no rosto das pessoas, mais precisamente nos olhos, para que testemunhassem o brilho da inteligência emitido por seus olhos. No entanto, os olhos de Hisham nunca brilhavam e eram pequenos. Isso somado à pele escura, aos traços comuns, ao corpo diminuto, a sua tendência inata para a timidez e à introspecção fez com que ele tivesse uma aparência semelhante à de qualquer uma das milhares de pessoas que lotam as ruas e os meios de transporte. Entretanto, bastava começar uma conversa com Hisham para ficar surpreso, porque ele percebia — imediatamente — do que você estava falando e já respondia antes que você terminasse, depois ficava quieto, dava um sorrisinho, como se pedisse desculpas por ter se adiantado.

Dizem — a responsabilidade é de quem conta — que Hisham falou muito cedo, ainda bebê, e que antes dos três anos conseguia enrolar a fita, fixá-la no gravador de rolo grande, posicioná-la e finalmente apertar o botão, liberando a música. E porque o colégio nos reuniu, consegui atestar sua indiscutível superioridade. Na verdade, não era essa superioridade que surpreendia, mas o esforço que ele demonstrava para vencer todo e qualquer obstáculo. Hisham não era daqueles que ficavam horas estudando; ele entendia a lição na hora, estudava-a uma só vez e talvez fizesse alguns exercícios, e era o que bastava para conseguir a nota final sem esforço. Na aula de matemática, levantava frequentemente para nos explicar com sua voz tranquila como se chegava à solução de uma equação que tinha nos deixado a todos perplexos, e, quando terminava, o professor lhe agradecia enquanto nós olhávamos para ele com admiração e inveja. Ele não aguentava ser o centro das atenções, tentava disfarçar procurando uma caneta ou esticando a cabeça para trás a fim de falar com o colega sentado às suas costas. No colégio, ele foi o primeiro; queria fazer engenharia, mas a mãe chorou, implorou, invocou a memória do pai e o fez lembrar que ele era seu único filho e que tinha todas as esperanças de que fosse médico. Hisham aceitou e estudou cinco anos de medicina, sempre tendo a avaliação "excelente". Diziam que nas provas orais seu conhecimento impressionava os arguidores mais exigentes e ferinos; diziam também que o dr. Mandur, o famoso professor de anatomia, após examinar Hisham, ficou de pé e o cumprimentou, pedindo-lhe um refresco gelado — consideração que raramente partiria de um grande professor. E porque Hisham era extraordinário a tal ponto e também porque não era filho de professor universitário, nem de um parente de ministro, ficou no vigésimo lugar na classificação daquela turma.

Hisham foi nomeado residente no Departamento de Cirurgia Geral. Ficou realmente feliz. Quando a notícia chegou à sua mãe, enquanto descascava batatas diante da televisão, ela se alegrou, cantou, depois chorou, fez súplicas a Deus, a quem, agradecida, rezou, fazendo duas genuflexões. Não tardou para espalhar a notícia por telefone para todos os parentes e conhecidos, em seguida trocou de roupa e saiu para comprar bebidas e bolo. Quando os primeiros congratuladores chegaram e eram vizinhos, a mãe — agora menos afoita, mais discreta, afinal era a mãe de um médico cirurgião — lhes contou que não foi Hisham quem procurara o emprego, mas foram eles que fizeram questão de nomeá-lo por causa de sua genialidade. No dia seguinte, quando novos congratuladores chegaram, a mãe já contava um diálogo inteiro que teria ocorrido entre o chefe do Departamento de Cirurgia e seu filho, no qual o chefe insistia com Hisham para que aceitasse o emprego, mas que Hisham, em dúvida, pedia tempo para pensar.

Hisham bateu na porta, abriu uma fresta pequena, por educação, e por ela se esgueirou para dentro com dificuldade. O dr. Bassiûni, o chefe do Departamento, estava sentado conversando com três professores e, quando Hisham apareceu, eles pararam de conversar e olharam para ele. Seu coração acelerou mas conseguiu reunir os pedaços de sua respiração, sorriu, amável e educado, e disse:

— Bom dia.

Ninguém respondeu, continuaram a olhá-lo para que explicasse sua presença ali. Ele disse:

— Sou Hisham Fakhri, senhor, o novo residente.

— Espere lá fora.

O chefe disse isso com indiferença e retomou sua conversa com os professores. Hisham saiu e começou a andar de lá para cá no corredor; fumou três cigarros. Quando os professores saíram da sala, Hisham repetiu tudo que havia feito da primeira vez, desde a batida na porta até a apresentação ao dr. Bassiûni, que, mesmo depois de só alguns minutos, já havia esquecido tudo sobre ele.

— Escute, filho, sabe qual é sua função no Departamento?

Hisham não soube o que responder.

— Seu trabalho aqui é ser bobalhão — o chefe disse isso soltando seguidas gargalhadas, enquanto brincava com suas costeletas longas. Hisham estava quase rindo para agradá-lo, mas alguma coisa, felizmente, o impediu.

— Você conhece o bobo da cozinha? O menino que cata as cascas da cebola, que limpa o chão e que apanha no traseiro dos cozinheiros? O residente em cirurgia aqui é exatamente o bobo da cozinha.

Hisham fez que sim, e o chefe prosseguiu:

— Vai fazer o que a gente quiser que faça. Não pense em se opor ou reclamar. Cada coisa tem seu preço. Quer ser cirurgião? Vai pagar o preço da mesma forma que todos pagamos. Cansaço, suor, injustiças e humilhações; e três anos depois, a partir de agora, se você me impressionar, assinarei de próprio punho um decreto para nomeá-lo professor assistente da universidade. Se não me impressionar, o descartarei, e você vai voltar para o Ministério de Saúde, feito um asno, igual a qualquer asno de lá.

Nesse ponto, pareceu que o chefe percebeu que Hisham já tomara mais de seu tempo do que precisava, fechou a cara e gritou com um aborrecimento repentino:

— Vamos, faça o favor de ir e tratar dos documentos no departamento de recursos humanos.

O dr. Bassiûni dispensava apresentações. Era o chefe do Departamento da Cirurgia Geral e era também presidente da Associação Árabe de Cirurgiões. Além disso, era uma personalidade pública, cujas opiniões sobre a economia eram publicadas nos jornais, e era também convidado pela televisão no Ramadã para falar sobre seus pratos prediletos. O dr. Bassiûni era sobretudo

— não se deve esquecer isso — um cirurgião formidável, entrou na história da cirurgia pela porta da frente. Por ser tudo isso, o doutor era diferente de mim e de você — nós os comuns, os opacos, os destituídos de qualquer valor ou dom. O fato é que o dr. Bassiûni era uma pessoa tão estranha quanto habilidosa. Suas atitudes esquisitas provocavam curiosidade e comentários, além de respeito e admiração. No calor de agosto, por exemplo, o dr. Bassiûni usava uma camisa de manga curta como qualquer outro cidadão, mas — e isso era indispensável — amarrava em torno do pescoço uma gravata muito comprida que caía para além do cinto. Ninguém sabia por que insistia na gravata já que não usava paletó. Ninguém conseguia dizer qual a utilidade de uma gravata tão comprida. Ademais, ele escolhia roupas de cores berrantes e conflitantes, como se intencionalmente não as quisesse combinando (dizem que adquiriu esse gosto no tempo em que morou nos Estados Unidos). Era compreensível que deixasse as costeletas um pouco compridas, mas o dr. Bassiûni exagerava, mantinha as suas, já grisalhas, tão compridas que chegavam além das orelhas, parecia um lorde inglês do século XIX, ou um quitandeiro grego na Alexandria. Contudo, seu aspecto geral, com as costeletas, as cores berrantes das roupas, a leve calvície, o corpo baixo e cheio e seus movimentos rápidos e nervosos, tinha um quê de boa aparência, e ele não parecia ter sessenta anos.

O dr. Bassiûni era solteiro, nunca se casou, a explicação para isso, uma delas, era ter permanecido fiel a um antigo amor que teve um fim doloroso. No que diz respeito à administração, era do conhecimento geral que o departamento do doutor era o mais rigoroso do Qasr Al'aini, embora, com exceção dos dias em que fazia cirurgias, ele não passasse mais de uma hora por dia no Departamento, e depois saía rapidamente para seu consultório no centro da cidade. A ausência do doutor no Departamento não significava que ele não soubesse o que ocorria lá. Costumava chamar a seu escritório qualquer pessoa (do mais graduado professor ao mais humilde residente) para repreendê-lo ou congratulá-lo por algo que este teria feito quando ele não estava lá, embora ninguém soubesse como ele ficava sabendo. É claro que as suposições eram muitas, mas era difícil afirmar que uma única pessoa pudesse ser a fonte das informações. O resultado era fantástico: todos os médicos do Departamento passavam a trabalhar, falar e rir como se ele estivesse entre eles. Dois, por exemplo, podiam discutir, se entusiasmar e levantar a voz sobre a história de quando o doutor obtivera seu doutorado ou que universidade lhe dera o título, contudo ambos sabiam que qualquer coisa que dissessem — como tudo que acontecia no Departamento — chegaria aos ouvidos do doutor com detalhes. Se assim era na ausência do doutor, imaginem na sua presença!

Bom, se ele estivesse presente, a pessoa cuidava de fazer seu trabalho com o mesmo empenho que tinha em continuar vivo, porque o doutor não estava para brincadeiras, castigava o faltante fosse quem fosse e imediatamente, e como tudo o que fazia, o castigo era muito estranho. Caso encontrasse um carro parado na vaga reservada para seu carro, mandava esvaziar os quatro pneus e saía. (Imaginem o sofrimento do dono do carro ao se deparar com os quatro pneus vazios!) Se visse algum enfermeiro fazendo chá perto dos leitos dos pacientes, avançava no ato sobre a chaleira quente, pegava-a e a jogava pela janela (sem se importar que caísse na cabeça de alguém, isso era problema dos transeuntes!). Se o doutor entrasse na sala de esterilização e encontrasse a escova que usava para esfregar as mãos sem higienização, atirava-a na cara da enfermeira-chefe, ele atirava mesmo, e podia atingi-la, fazendo um corte na cabeça dela. (Isso ocorreu com uma enfermeira nova, pois as outras, já acostumadas, costumavam evitar os objetos atirados.) Na sala de operações, durante os terríveis momentos quando o destino de uma pessoa anestesiada com a barriga aberta estava sendo decidido, quando todos os assistentes falavam baixinho por respeito, transpirando apesar do ar condicionado, somente ele permanecia firme, amaldiçoando em voz aguda os pais de quem trabalhava com ele, xingando-os com expressões variantes de um mesmo padrão, como: "Aspire o sangue, sua anta!" ou "Isso é sutura, seu asno?". O interessante é que o atingido, fosse médico ou enfermeira, não se importava tanto com a ofensa mas em se concentrar para corrigir o erro. Na verdade o doutor não xingava seus auxiliares apenas quando ficava bravo, mas também quando estava satisfeito com eles. Após uma cirurgia, ele podia dizer, por exemplo: "Está certo que você é um verdadeiro burro em termos de cirurgia, mas hoje fez um belo trabalho". Assim, no vocabulário do doutor, usar nomes de animais para ofender os outros era tão corriqueiro quanto o uso que as pessoas comuns faziam dos pronomes "você" e "vocês".

Hisham se cansava como nunca na vida. Trabalhava das sete da manhã à meia-noite e, nos dias de operações (domingos e quartas), pernoitava no Departamento. Quando voltava exausto para casa, ainda precisava dispor de uma ou duas horas para se dedicar aos estudos para o mestrado. Em suma, ele não dormia mais que quatro horas por dia, por isso perdeu peso, empalideceu, ganhou olheiras escuras e permanentes. A mãe notou seu nervosismo, atribuía o fato ao cigarro e tentava convencê-lo a deixar de fumar. Diante da insistência de Hisham, ela o acordava de madrugada, quase chorava por causa da magreza do filho causada pelo cansaço, mas não era o cansaço que incomodava Hisham, o que o incomodava e preocupava era o desperdício de tal cansaço. O objetivo na sua cabeça era bem definido e claro: tornar-se um grande cirurgião. Como ele entendia que seu futuro estava sendo determinado naqueles dias, dispunha-se, se pudesse, a duplicar os esforços. Acredite se quiser, um ano havia se passado sem catástrofes desde que Hisham começara a trabalhar com o dr. Bassiûni. Toda semana Hisham entrava no escritório do doutor para lhe mostrar a lista das operações, e a cada vez Hisham se aproximava dele como quem se aproxima de um fio elétrico desencapado ou da boca de um fogão para consertar, isto é, esticava a mão com a lista e voltava para trás rapidamente à espera de uma explosão, mas, para a surpresa de Hisham, o dr. Bassiûni nunca estourou com ele, embora continuasse a ouvir todos os nomes de animais — o doutor costumava chamá-lo de javali —, mas isso não era nada.

Está certo que o dr. Bassiûni não causou nenhum problema para Hisham, mas os outros lhe causaram uma série de problemas. É preciso mencionar aqui que o departamento do doutor tinha mais quatro professores, nenhum com fama ou poder que se comparasse ao dele. O dr. Mansur se formara um ano depois de Bassiûni, tendo igualmente um diploma dos Estados Unidos, e era também um bom cirurgião, mas por uma razão desconhecida, como costuma acontecer na vida, não era brilhante como ele. A presença de Bassiûni — com seu jeito esquisito — causava uma impressão nas pessoas, já o dr. Mansur, que era adepto do terno no inverno ou no verão, na melhor das hipóteses parecia um burocrata, isto é, o cabelo grisalho, os óculos, as boas maneiras, a voz baixa, tudo dizia que se tratava sem dúvida de um homem respeitável, porém nada mais que isso. Seu consultório não tinha muita frequência, pois os pacientes preferiam ser atendidos por um cirurgião famoso, que certamente seria muito competente, se não, de onde vinha a fama? E como o dr. Mansur dispunha de mais tempo, ele passava a maior parte do dia no Departamento fazendo rondas por todo canto, observava de longe o que acontecia e interferia na hora certa. Por exemplo, ele aguardava que um médico receitasse um medicamento para um paciente, no momento em que via a gratidão nos olhos do paciente ou escutava os parentes agradecendo, se aproximava rapidamente e perguntava com voz calma que remédio ele receitara. O dr. Mansur então sorria com ironia invisível (nunca aparente) e anunciava para o médico que a prescrição estava errada (nunca aconteceu que um médico estivesse certo, na opinião do dr. Mansur). É claro que o dr. Mansur não ficava satisfeito, tinha de explicar com voz clara as complicações que o paciente teria caso tomasse o medicamento receitado, que era conhecido por destruir o fígado. E quando de soslaio percebia medo ou perplexidade no rosto do paciente, o dr. Mansur brincava com ele dizendo: "Dê graças a Deus, este médico quase que mata você". Nesse momento o paciente e sua família só podiam implorar ao dr. Mansur que receitasse outro remédio; assim Mansur riscava com determinação o nome do medicamento receitado antes e prescrevia outro remédio (geralmente semelhante ao anterior), depois suspirava, balançava a cabeça como quem dissesse: "O que fazer, meu Deus, com esses médicos ignorantes!", depois saía exatamente como havia chegado, com calma e educação.

O dr. Mansur comentava suas próprias atitudes dizendo: "Sempre, passo minha experiência médica para meus filhos", e com esse mesmo espírito paternal o doutor costumava destruir os sonhos de seus orientandos, pois após o aluno ter passado dois anos inteiros pesquisando e estar prestes a concluir o trabalho e já com o sonho de obter o título de mestre ou de doutor começando a acariciá-lo, o dr. Mansur sempre descobria na pesquisa um erro essencial. Ele dava a notícia ao aluno com calma e vagarosamente (como se bebericasse um chá de hortelã) e depois passava a observar no rosto dele os sinais de derrota e de desesperança. Com rigor e educação, ele recusava as tentativas inflamadas de defesa do trabalho, e quando ao desalentado aluno já nada restava a não ser calar-se, ouvia o dr. Mansur suspirar com alívio sincero, e dizer:

— Não teime, meu filho, temos no mínimo um ano de trabalho pela frente.

Ao fim de um ano, o tempo podia ser prorrogado mais um ou dois anos, e depois de tudo não era incomum que o dr. Mansur aconselhasse o orientando a recomeçar do zero com outro orientador, porque simplesmente não estava satisfeito com a pesquisa e não aceitaria colocar seu nome nela. A conclusão: ao longo de vinte anos só quatro alunos haviam conseguido se formar sob sua orientação, quatro que resistiram até o final. O jovem médico que caía sob sua orientação recebia dos colegas condolências, como se tivesse perdido um ente querido.

Alguns dias após sua nomeação, Hisham foi chamado pelo dr. Mansur para assistir a uma cirurgia que ele realizava. Hisham ficou muito agradecido pela atenção, esterilizou-se e entrou na sala com o doutor. A cirurgia era para a retirada da vesícula de um camponês pobre de Manufiya. Após a retirada, o dr. Mansur pediu a Hisham que fizesse a sutura do corte. Hisham se concentrou e, com mão segura, fez a sutura da melhor forma possível. É verdade que não foi ágil, mas tinha certeza de que não errara. Após a operação, o dr. Mansur chamou Hisham a seu escritório, convidou-o a sentar, e enquanto acendia um cigarro com olhar de caçador experiente, disse:

— Escute, Hisham, vai ficar chateado se lhe disser que não serve para ser cirurgião?

Hisham se apavorou e perguntou ao doutor o que ele queria dizer com isso, e este respondeu que operar era uma questão de sentimento mais que de aprendizado, e por ser muito experiente era capaz de dizer se tal sentimento estava presente em alguém ou não. Disse-lhe que o observara naquele dia durante a cirurgia e infelizmente podia afirmar que Hisham jamais seria um cirurgião e por isso o aconselhava a mudar de departamento, para o de clínica geral ou dermatologia, em que o aprendizado é tudo. Hisham, como era de se esperar, lançou várias tentativas, inicialmente veementes e depois desesperadas, para persuadir o dr. Mansur de que ele estava no início do caminho, que estudaria e melhoraria, mas o doutor escutou Hisham de cabeça baixa até o fim depois o interrompeu com uma pequena frase e depois com outra que levava a outra tentativa de convencê-lo e assim por diante, até que o dr. Mansur se saciou do pavor e desesperança de Hisham, levantou e com uma frase terminou a entrevista com voz baixa e educada:

— Gostaria de ser informado logo sobre sua demissão, sinto muito, mas faço isso para o seu bem.

"Poucos minutos não são suficientes para me julgar, da mesma forma que ninguém tem o poder de me obrigar a desistir", foi isso que Hisham disse a si mesmo. Então se convenceu, tranquilizou-se e decidiu tirar da cabeça as palavras do dr. Mansur como se jamais tivessem existido, mas apesar disso e durante muitas semanas ficava perturbado toda vez que era requisitado durante as operações. As palavras de Mansur pulavam em sua mente, martelavam-na e faziam suas mãos tremerem; esforçava-se para não falhar. De qualquer forma, além de Hisham já não mais auxiliar Mansur em suas cirurgias, ele também evitava encontrá-lo. Quando o avistava vindo pelo corredor, ele dava um jeito de entrar num quarto lateral, onde se ocupava com qualquer coisa até que o doutor passasse. Certa vez lhe pareceu que o avistou e sorriu. Depois disso, Hisham começou a ajudar os outros professores e ficou surpreso ao constatar que cada um o maltratava a seu modo. No início achou que eles o odiavam por alguma razão, mas logo descobriu que o alvo não era a pessoa dele, e sim a relação entre todos que era muito ruim. A chefe das enfermeiras gritava sempre com as subordinadas, os professores acusavam a todos, fossem médicos ou enfermeiras, de ignorantes e faltosos. Em suma, cada um tomava para si a tarefa de humilhar quem estivesse aquém dele e os atritos seguiam um ritual imutável. De manhã, um professor se desentendia com um residente qualquer, o repreendia abertamente; em menos de uma hora esse residente descobria um erro fatal cometido por um auxiliar, que não demorava para descontar num auxiliar ou numa enfermeira e, pelo fato de Hisham ser o mais novato de todos, a enxurrada das humilhações desembocava sobre sua cabeça. Receando entrar numa discussão cujas notícias pudessem chegar ao dr. Bassiûni, Hisham engolia calado todas as desavenças. Quando alguém se excedia na ofensa, Hisham lhe lançava um olhar triste e magoado e sorria. Ele achava que dessa forma causava embaraço a qualquer um que quisesse ofendê-lo. O resultado era que as ofensas duplicaram, e cada pessoa do Departamento passou a gritar com Hisham pelo menor motivo, até as enfermeiras — que estavam abaixo dele na hierarquia. Hisham as pegou mais de uma vez cochichando e rindo dele. Aquilo o afligia. Toda noite antes de dormir colocava o travesseiro sobre o rosto e relembrava com amargura os eventos do dia, e se confortava dizendo: "Isso tudo vai passar, vou adquirir habilidade, serei o primeiro no mestrado e depois eles vão pensar duas vezes antes de fazer isso comigo, e mais: ninguém ousará se dirigir a mim apenas pelo nome". A verdade é que tal atmosfera carregada de intrigas não impediu Hisham de aprender. Estudava cada caso e, durante as operações, concentrava-se e fixava o olho no que observava para guardar na memória. Tinha que melhorar, e pouco a pouco seus erros em diagnósticos diminuíram e se sentia mais seguro. Se lhe fosse permitido, podia fazer várias cirurgias com sucesso. Quando a data da prova de mestrado estava próxima,

Hisham percebeu que era a sua chance, por isso se debruçou sobre os livros, estudava, estudava e decorava. Muitas vezes era surpreendido pelo amanhecer enquanto ainda estava estudando. Tomava banho frio para acordar, depois ia para o Departamento. Hisham passou na prova escrita quase sem erros e teve êxito na prova prática, e como sempre, no exame oral, obteve a admiração dos examinadores. Quando Hisham terminou as provas, estava seguro do resultado.

Houve um erro não intencional na omissão de seu nome na lista dos aprovados — foi isso que Hisham pensou, por isso não se preocupou muito e foi até a seção dos alunos, explicou o caso para o responsável, que foi extremamente gentil com ele e lhe mostrou suas notas na prova. Hisham nada disse nem discutiu, dirigiu-se imediatamente ao escritório do dr. Bassiûni, bateu na porta com pressa e com força, abriu-a e entrou. Bassiûni estava lendo. Com voz ofegante, rouca (ele mesmo estranhou a própria voz), Hisham disse:

— Não fui aprovado no exame.

— Parabéns — disse Bassiûni, sem tirar os olhos do que lia.

— Quero saber o motivo! — Hisham disse com teimosia.

— Não passou no exame porque não mereceu — respondeu o dr. Bassiûni brincando com suas costeletas, e o tom de sua voz anunciava uma erupção iminente.

— Mas não errei na prova escrita, nem na prática nem na oral.

Nesse momento, o doutor explodiu:

— Escute, seu javali. Você acha que estou aqui sem fazer nada só para lhe repetir o que venho falando todo dia? Disse-lhe mil vezes que há muita diferença entre um exame de cirurgia e o diploma primário, nós não permitimos que qualquer aventureiro seja cirurgião, por mais informado que seja. Interessa-nos antes de tudo sua personalidade e ética, eu lhe disse desde o início que não vai conseguir nada nem ficar conosco a não ser que me impressione, entendeu?

Hisham se refugiou no silêncio.

— Vá, vá cuidar de sua vida, javali.

Hisham se retirou.

Seguiu fazendo seu serviço como de hábito, e quando ficou sozinho naquela noite, não estava exatamente triste, estava tomado por um sentimento de pânico; sim, pânico é a palavra correta, pela primeira vez sentia que sua inteligência — aquela base firme e segura na qual se apoiava — não servia para nada, e o que mais o perturbou foi o doutor ter falado que não o impressionava (não disse isso?) e ele não sabia o que fazer para impressioná-lo. Dias, semanas e meses se passaram e Hisham continuava a trabalhar no mesmo departamento e com a mesma perseverança, usando porém metade da cabeça, pois a outra metade estava ocupada com a pergunta que não se calava: o que devia fazer para impressionar o dr. Bassiûni? Por não ter conseguido chegar a nenhuma resposta, apelou às pessoas que conhecia. Começou com a mãe, contou-lhe o que aconteceu e lhe fez a pergunta. Para sua surpresa, a mãe atribuiu todos os problemas à inveja dos colegas porque ele os superava, e todas as noites passava a insistir com ele para que passasse sete vezes por cima de um incensário aceso, cujo incenso era trazido por ela da tumba de dona Sukkara (uma das crentes em Deus conhecidas da rua do Azhar). Hisham ficava amuado com tudo isso, mas, para agradar à mãe e se livrar de sua insistência, obedecia e pulava sete vezes sobre o incensário. O tempo passou, faltavam apenas alguns meses para o segundo exame do mestrado (sua última chance), Hisham ficou obcecado em saber como agradar o dr. Bassiûni e começou a se aproximar de cada um dos professores do Departamento, aguardar o momento em que cada um estaria de bom humor, e quando ficava a sós com ele, perguntava com amabilidade suplicante:

— Gostaria de aprender com sua experiência, doutor, o que posso fazer para agradar o dr. Bassiûni? — Todos sorriam e suas respostas eram no mesmo sentido: Nosso professor, o dr. Bassiûni, gosta de quem se dedica ao trabalho e de quem se esforça. — Hisham sabia que eles mentiam, por isso começou a perguntar a seus colegas nos outros departamentos. Ia ao Departamento de Radiografia, ou seguia no de Patologia à procura de um antigo colega e lhe fazia a pergunta. Aos poucos, Hisham começou a apresentar seu problema a médicos que ele nem conhecia fazendo-lhes a mesma pergunta:

— O que fazer para impressionar o dr. Bassiûni?

Ninguém sabe como foi exatamente que Hisham encontrou a resposta, pois tudo aconteceu de repente. Num domingo, Hisham entrou como de costume para mostrar ao dr. Bassiûni a lista das cirurgias, tarefa que costumava levar alguns minutos, mas Hisham dessa vez demorou; demorou tanto que os médicos do Departamento, uma hora depois de sua entrada, começaram a cochichar preocupados e surpresos. Finalmente Hisham saiu, seu rosto refletia uma expressão estranha, uma mistura de dor, abatimento e alívio. Ninguém soube o que acontecera naquele dia entre ele e o doutor, tampouco alguém se esquecera daquele dia porque foi o início da mudança. Hisham passou a entrar todo dia na sala do doutor, onde passava um bom tempo. O doutor começou a mandar trazê-lo quando não o encontrava. Algumas semanas depois, espalhou-se pelo Departamento que o dr. Bassiûni havia levado Hisham para ajudá-lo em seu consultório (algo que o doutor não fazia havia anos). Depois disso, Hisham começou a ser o único responsável pelos horários e compromissos de Bassiûni. Se alguém quisesse saber em que hospital o doutor estaria operando, ou se estava com bom humor para que lhe pedisse algo, tinha de perguntar a Hisham, a ele apenas e a mais ninguém. Hisham não precisava mais aguentar a humilhação de ninguém pelo simples fato de que ninguém mais o humilhava, ao contrário, importante ou humilde, todos começaram a tratá-lo bem, até mesmo o dr. Mansur, que fazia questão de encontrá-lo toda manhã e cumprimentá-lo. Chegou a lhe pedir mais de uma vez para auxiliá-lo nas operações, mas Hisham se desculpava dizendo que estava muito ocupado com o paxá (isto é, Bassiûni), e quando Mansur ouvia isso, acenava com a cabeça como se compreendesse como ele estava ocupado. Não tardou para que a fama de Hisham como residente rigoroso se espalhasse, não era negligente no que dizia respeito ao trabalho. Ele descontava do salário se uma enfermeira errasse após ter chamado sua atenção, e se o erro fosse cometido por um grande médico no Departamento, Hisham olhava para ele e sorria (com educação e força) e lhe perguntava: “O senhor acha que o que fez agrada ao paxá?” (isso deixava o médico abalado, por mais forte e firme que fosse). Quando Hisham se apresentou para o exame de mestrado pela segunda vez, não se preparou como da primeira, mas passou em primeiro lugar e, antes que o resultado fosse divulgado, foi cumprimentado pelo dr. Bassiûni:

— Parabéns, javali, é o primeiro da lista. — Hisham sorriu e se inclinou. Seus gestos e sorriso eram totalmente diferentes.

— Bondade sua, paxá! — respondeu.

Colegas e professores fizeram um grande alvoroço congratulando Hisham, e quando chegou a hora de sua nomeação, a direção da faculdade anunciou que não havia posições vagas, o que seria um problema, capaz de destruir o futuro de Hisham, mas logo que soube da notícia, pegou o telefone e ligou para a casa do dr. Bassiûni (algo que ninguém ousava fazer). Bassiûni ficou a par da situação, entrou em contato com os responsáveis e, antes do meio-dia, Hisham recebeu a notícia de sua nomeação como professor assistente no Departamento de Cirurgia Geral.

Isso aconteceu há dois anos ou mais. Sob a orientação do dr. Bassiûni, o dr. Hisham agora se dedica a sua tese de doutoramento. A verdade é que nós, seus ex-colegas, ficamos orgulhosos de sua conquista e o visitamos sempre no Departamento, onde passamos horas agradáveis com ele, conversando e recordando. Apesar da recepção calorosa que nos dá e apesar de nosso orgulho e carinho por ele, sentimos, às vezes, que algo mudou no nosso velho amigo, mas logo afastamos essa ideia de nossa cabeça.

E nós cobrimos seus olhos

Quem não conhece o mestre Goda? Sem dúvida a maioria o conhece. Quem não foi colega dele no trabalho ou na escola, certamente o conheceu, no ônibus lotado, ou o viu carregando embaixo do braço um saco bem grande de plástico, apartando uma briga na fila da cooperativa, ou talvez o tenha escutado na palestra sobre futebol que costumava dar no café, toda semana nas noites de sexta-feira.

No mínimo, um de nós teria visto o mestre Goda em sua jornada matinal levando seus três filhos, cada um à respectiva escola, depois voltava correndo para o Ministério de Planejamento, onde trabalhava na repartição de monitoramento.

De qualquer forma, eu escrevo apenas para os que conheceram o mestre Goda, pois os que não conheceram não vão entender muito bem.

Jamais sentia vergonha de seus sapatos, que eram feitos de pano; alegava sempre que esse tipo de calçado era confortável para os pés. O mestre Goda muitas vezes se admirava de ver como as pessoas suportavam os sapatos de couro naquele calor.

Graças ao empenho de sua esposa Bussaina, suas calças pareciam razoavelmente boas.

O problema estava nas camisas. Ele tinha três camisas que trocava ao longo da semana. A camisa branca estava puída. Se fosse rasgada, o mestre poderia abrir mão dela, mas ela estava puída, isto é, atingida pela aspereza que afetava o pano gasto, fazendo as pequenas linhas ressaltarem e penderem da trama do tecido. Em alguns dias cinzentos fechados, o mestre Goda era obrigado a vestir a camisa branca, e quinta-feira passada foi um desses dias.

Naquela manhã, o comportamento do mestre Goda se modificou totalmente.

Isso pode parecer um tanto exagerado, mas só para aqueles que desconheciam o efeito da camisa puída no comportamento do sujeito. Digo que o mestre Goda, quando cumprimentou seus colegas naquela manhã, tinha a voz baixa, e quando pediu o café matinal estava especialmente gentil, e disse: "Buraí, por gentileza, um café com açúcar" no lugar de seu grito diário: "Café com açúcar, Buraí!".

Digo que o mestre passou a maior parte do dia atrás de sua escrivaninha, fingindo ler documentos sem importância, participava brevemente da conversa com os colegas e se viu mais predisposto a concordar com os interlocutores; até mesmo o futebol, seu assunto predileto, não o interessou naquela manhã. O mestre se sentia diminuído e tão encabulado que não sabia onde colocar as mãos, ora as posicionava sobre a mesa, ora as deixava jogadas de lado e finalmente as cruzou no peito e assim ficou até o final. Ninguém soube por que o mestre se rendera ao incontrolável desejo de examinar cuidadosamente as roupas dos colegas e, quando avistava a aparência surrada de alguém, o mestre sentia um alívio maldoso.

Era de fato um dia pesado, contudo era possível... digo que era possível que passasse sem que nada acontecesse para aumentar a ansiedade e a aflição do mestre, mas parecia que leis malvadas regiam o mundo, e assim, perto de uma hora da tarde, um jovem, que não passava dos trinta, elegante e bonito entrou na repartição e se dirigiu direto para a mesa do mestre Goda. Carregava documentos que precisavam ser carimbados — carimbar documentos era basicamente a principal tarefa do mestre Goda — e como era de hábito, retirou o carimbo da gaveta e se preparou para carimbar os documentos. Muito depois, ao relembrar o que fez o jovem, o mestre Goda chegou à seguinte interpretação: esse jovem pertence a uma categoria de homens que têm um toque feminino, a princípio imperceptível, mas que logo salta aos olhos quando um deles, por exemplo, pergunta sobre o preço do tecido ou quando se gaba por sua habilidade em fazer comida e comprar frutas, ou ainda quando demora muito limpando seus óculos. Em suma, o mestre Goda terminou de carimbar os documentos rapidamente, mas o jovem era gentil e amigável, como todos os homens daquele tipo, e uma conversa agradável se estabeleceu entre ambos e teve a duração de alguns minutos, mas quando o jovem se preparava para se despedir, o mestre Goda insistiu que ele ficasse. O jovem sentou, suas feições se revestiram de uma intimidade sincera e ele ofereceu ao mestre Goda um de seus cigarros importados, que foi aceito com gratidão, e acrescentou que o prazer de fumar tinha a ver com o ambiente, e assim um sentimento caloroso se infiltrou no coração do mestre Goda, que não mais notava sua camisa, afastou as mãos do peito e encontrou para elas lugar perto da cadeira, e, querendo ser mais amigável, o mestre se levantou fingindo procurar o contínuo para pedir algo para servir ao "cavalheiro", mas de repente o moço foi acometido por uma das crises femininas e gritou: "Um segundo só, mestre Goda", ficou de pé, aproximou sua cabeça do mestre, fixou o olho no tecido da camisa e depois, sem nada dizer, esticou a mão, com dedos finos experientes, e puxou um fio da camisa branca, depois olhou para o mestre Goda e sorriu inocentemente.

O jovem não tinha nada em mente ao fazer aquele gesto. Era de seu hábito esticar a mão para as roupas dos outros para abotoar um botão, ou cortar uma linha sobrando, gostava de ver as coisas como deviam ser. Não conseguia suportar uma gola torta ou um nó de gravata malfeito. Se visse uma folhinha de árvore no cabelo do interlocutor, fosse quem fosse, esticava o braço na mesma hora, puxava-lhe a cabeça e vasculhava com os dedos até encontrar a folhinha culpada, pegá-la e jogá-la para longe. Só então suspirava aliviado e perguntava ao interlocutor com extrema educação: "O que o senhor estava dizendo mesmo?".

Este era o jeito do jovem. Nunca imaginou que uma insignificante linha cortada deixaria alguém tão chateado. A verdade é que o mestre Goda não demonstrou diante do jovem nenhuma reação significativa, mas o que ocorreu posteriormente foi que, enquanto o mestre esperava o ônibus que demorava, colocou seu jornal diário sobre a cabeça calva para protegê-la e conseguiu pular — calejado que era — e espremer seu corpo gordo dentro do carro, um sentimento lhe pesava sobre o peito, e aos poucos suas tristezas se fundiram, jorraram, transformando-se numa enxurrada violenta: estava com quarenta e cinco anos, era funcionário numa repartição de monitoramento no Ministério do Planejamento, sua função básica era carimbar documentos, muitos papéis que com os anos aprendeu que eram inúteis ou no mínimo sem importância.

Muitas vezes ele avistava antigos colegas de escola dirigindo carros confortáveis, ou chegava a ler sobre eles nos jornais, e quando encontrava os que se destacaram e sobressaíram, desejava tanto que alguém o tratasse com rudeza e atrevimento, que alguém zombasse dele, o humilhasse por sua pobreza e derrota, que alguém lhe desse um motivo razoável para que pudesse lhes declarar seu ódio, mas isso nunca aconteceu. Todos o tratavam com gentileza e educação, gostavam de conversar com ele, riam com suas brincadeiras, escutavam-no com interesse, exatamente como um sultão bondoso que faz parar seu grande cortejo para correr e acudir com compaixão uma criança chorando ou uma viúva pobre. Foi assim que o mestre se entregou por inteiro a suas tristezas.

Devo ressaltar que a história do quiosque de cigarros era engraçada, o mestre costumava contá-la no café, e todos gostavam de escutá-lo contando, muitas vezes lhe pediam para repeti-la. Naquele momento, sentia um prazer enorme, puxava um longo trago do cigarro, e contava de novo. A repetição lhe conferiu experiência, por isso focava com habilidade os pontos cômicos, e assim o deleite dos amigos aumentava e suas risadas arrebentavam, barulhentas. Ele sempre ria com eles.

Mas dessa vez, quando o mestre recordou a história do quiosque de cigarros, não achou a menor graça. Um sentimento de vergonha e tristeza o invadiu quando relembrou o dia em que sua mulher o convenceu de que a maioria dos milionários começara a vida vendendo cigarros e doces e também o quanto havia lutado e continuava a lutar até conseguir um quiosque de cigarros nos subúrbios do Cairo. Lembrou como saía de seu trabalho para ir até o quiosque e ficar lá rodeado de pacotes de cigarros e caixas de biscoitos, e como o quiosque, que era feito de metal, se aquecia sob a temperatura do sol, tornando-se uma fornalha, com o mestre Goda no seu interior à espera dos clientes e da fortuna.

Finalmente, o mestre lembrou como descobriu, após três meses inteiros, que fora enganado, pois aquela região não tinha clientela, e quando foi arrastado pela recordação àquele dia, já tinha chegado em casa.

Ninguém em casa notou nenhum desgosto no seu rosto. Logo que entrou, tirou a roupa de trabalho, brincou com as crianças e, como era de costume, pegou Charif, o menor, pelos pés, como ele gostava, e o suspendeu até que tocasse o teto com as mãos, repetiu isso várias vezes até que surgiram as risadas rápidas e seguidas do pequeno. Depois foi à cozinha apressar a comida, brincou com a mulher, beliscou-a mais de uma vez, o que era totalmente natural.

O mestre só fez uma única coisa estranha naquele dia. Aconteceu depois do almoço, quando ele e Bussaina foram para a cama querendo descansar um pouco. O calor era sufocante, o mestre e a mulher estavam suados, mesmo assim, e apesar de nunca lhe ter pedido isso durante o dia, quis tê-la, mas ela naturalmente recusou. "Estou cansada, Goda, e está muito calor." Mas o mestre relutou e insistiu até que ela cedeu. O encontro foi quente e violento, ele se empenhou plenamente e sua performance veio forte e abundante. Bussaina o conhecia, só agia assim quando estava muito feliz ou muito triste.

Quando terminou, amontoou-se de lado cansado e logo cobriu a cabeça com o travesseiro, mas não dormiu. Alguns minutos se passaram em silêncio, o mestre se virou na cama várias vezes, mas também não conseguiu dormir. E quando um suspiro sincero escapou, Bussaina já estava decidida a intervir:

— O que você tem, Goda?

Queria falar de muita coisa, mas nada disse.

— Você não está querendo responder por quê? Acha que vou conseguir dormir deixando você aborrecido assim?

— Minha aparência, Bussaina, minha aparência não está nada decente.

No início ela não ouviu e, quando ele repetiu a frase, ela nada entendeu.

— Se quer saber a verdade, não estou entendendo.

— Estou falando sobre minha roupa, minha roupa está toda feia, principalmente as camisas; a camisa que estava usando hoje é uma vergonha.

Esperava que ela dissesse qualquer coisa, mas nunca que risse. Bussaina riu. Riu tanto até balançar a cama. A surpresa dele se transformou em raiva, e por isso gritou:

— Você está rindo de quê? Estou falando que não tenho roupas para usar.

— Isso para você saber o valor de sua Bussaininha.

O mestre não entendeu, enquanto a voz seguia com força renovada:

— É que Deus gosta de você, por isso se casou com uma pessoa como eu.

— O que está dizendo?

— Meu prezado senhor Goda, eu estou sabendo que você não tem camisas, e por isso fiz um empréstimo na cooperativa e na quinta-feira que vem, se Deus quiser, vamos viajar juntos para Port Said* e comprar o que estiver precisando, entendeu agora?

Daquela quinta até a seguinte, os dias eram coloridos e excitantes, mas o mestre Goda era um homem ajuizado, está certo que sonhava com a quinta-feira próxima e que um sorriso meigo e maroto lhe pulava aos lábios quando se imaginava andando nos corredores da repartição com sua elegante camisa nova, isso é verdade também. Mas ao mesmo tempo sabia muito bem que iria pagar durante um ano para a cooperativa e que mensalmente uma parte de seu salário seria descontada para pagar o preço desse dia. Por isso, o mestre pensou em tudo, não deixou nada

* Porto localizado no canal do Suez, que é uma zona franca.

para o acaso. O que iria comprar em Port Said? Aonde iria exatamente? Como se comportaria com o oficial da alfândega? Em que bolso colocaria seu dinheiro na ida? Dezenas de detalhes pensados e mastigados até que tudo ficou pronto na sua cabeça, faltando apenas a hora da execução.

Na manhã de quarta-feira, o mestre Goda avisou a todos os colegas na repartição que faltaria no dia seguinte, e quando lhe perguntaram o motivo, passou a revirar o arquivo que estava na sua frente na mesa e depois disse com o canto da boca, como se a questão não tivesse nada a ver com ele:

— Não é nada, na verdade, estava pensando em ir a Port Said amanhã.

Meia hora depois a notícia da viagem já se espalhava entre os funcionários, as encomendas o inundaram; eram de todo tipo: camisas, meias, produtos de beleza. O mestre Goda sabia que não iria comprar nenhuma daquelas coisas, mesmo assim não recusou nenhum pedido, ele os escutou e depois disse com ar de importância do qual sentia falta fazia tempo:

— Se Deus quiser! Queira Ele e eu farei de tudo para não esquecer.

Como se sentiu feliz quando entrou no escritório do sr. Aluba, o diretor da repartição, e lhe perguntou se queria algo de Port Said.

Ainda mais feliz ficou quando lhe disse com uma voz agradável e gentil:

— Apenas seu bem-estar e sua volta em segurança, Goda, contudo, há um tipo de chocolate que minha senhora gosta muito, e você conhece como são as mulheres, Goda. — Aluba soltou uma risadinha depois deu um pigarro e com isso recuperou sua fleuma.

O mestre Goda foi uma pessoa importante na quarta-feira, mas de noite, quando foi para a cama, teve um sentimento ambíguo, sentimento tolo, ilógico e infundado. Teve a sensação de que não chegaria a Port Said. Tudo estava pronto. O dinheiro estava com ele, já sabia e estudara os preços e amanhã iria lá, o que o impediria? Mas a voz pessimista continuou sussurrando no seu ouvido e foi com grande dificuldade que conseguiu se livrar de seus receios e dormir. Quando acordou de manhã, teve um temor quando contava o dinheiro pela última vez, depois o dobrou direito, colocou no bolso da calça e certificou-se de sua chegada ao fundo do bolso. Quando o mestre e a esposa tomaram seus lugares no ônibus em direção a Port Said, Bussaina balbuciou a Fâtiha. Quando chegaram a Port Said, o mestre iniciou a execução do plano.

Havia anotado tudo de que precisava num pedacinho de papel, mas os nomes das lojas estavam registrados em um papel separado, graças ao qual ele e a mulher não tiveram que andar muito e antes do meio-dia já tinham terminado as compras.

Havia coisinhas domésticas para Bussaina, mas mestre Goda já tinha adquirido quatro camisas novas, uma delas era listrada, com longas faixas vermelhas e brancas. Essa camisa era particularmente elegante.

Quando o casal conseguiu achar um local retirado na entrada de um dos edifícios elegantes, o mestre tirou pela última vez sua camisa branca, vestiu uma nova, enquanto Bussaina dava um jeito de esconder duas camisas nas pregas de suas roupas. Isso significa que ficaram com uma só camisa, que o mestre levava nas mãos; ambos estavam prontos para passar pela alfândega. Tinham que ficar no final de uma longa fila para pessoas sem carro, à espera da inspeção.

Quando sua vez se aproximou e estavam a poucos passos do fiscal, Bussaina aproximou-se do marido e cochichou algo, e foi quando a voz do mestre Goda, angustiada e ansiosa, foi ouvida pronunciando as palavras:

— Em nome de Deus, o Misericordioso, o Misercordiador... — Depois, com uma voz genuinamente temerosa, enquanto carregava a nova camisa: — *E fizemos uma barreira diante deles e uma atrás deles; e nós cobrimos seus olhos, por isso nada enxergam... cobrimos seus olhos, por isso nada enxergam... cobrimos seus olhos, por isso nada enxergam... cobrimos seus... nada enxergam.*[*]

[*] Trecho do Alcorão (36:9).

Ao senhor responsável pelo ar condicionado da sala

Prezado senhor, responsável pelo ar condicionado da sala, prepare-se, pois estou começando a minha história agora:

Senhor, minha história é uma história árabe tosca que não conhece a etiqueta. Todos os senhores e senhoras presentes nesta sala ficarão bravos quando eu falar. A fúria incendiará o coração de vocês e por isso eu lhe peço, senhor responsável pelo ar condicionado da sala, que de vez em quando aperte o botão de refrigeração.

E o senhor, engenheiro de som, quando eu começar a falar, tente desviar a atenção dos ouvintes de mim, dê-lhes músicas mais barulhentas.

Quanto a você, meu caro malabarista, terá que entreter quem começar a se aborrecer. Jogue-se no chão, ande sobre as mãos, e se for preciso, malabarista, relinche como um burro, o importante é que o divertimento se espalhe e o aborrecimento se desfaça.

Senhoras e senhores,

A origem da história é a má sorte, o maldito azar que põe no mundo uma criança inocente com um rosto ou corpo deformado, o destino injusto que traz o desgosto ao coração de um bom pai com a morte do filho jovem, que planta o câncer no corpo de um homem bem-sucedido.

É o destino negro que fez Jenîn ser uma cidade árabe. Se estivesse localizada na Suíça, os laranjais estariam cobertos pela branca neve da Europa. Se suas muitas mesquitas fossem igrejas católicas, se os habitantes de Jenîn tivessem nascido da raça branca superior, e Deus que me perdoe, se Jenîn não soubesse como recitar o Alcorão e como fazer orações pelo que lhe acontecera, nada teria acontecido. Mas o destino cego fez de Jenîn uma cidade árabe e, não contente com sua desonra, a fez também uma cidade palestina, e depois, abusando da humilhação, a situou na Faixa de Gaza, exatamente na divisa com o respeitado Estado judeu. Deus, Altíssimo e onipotente, é testemunha, e também o são os relatórios das agências de inteligência, ninguém em Jenîn era violento. Era uma cidade pequena, Jenîn, uma casa grande de gente pacífica.

Camponeses bons, que sabiam cultivar laranjas e nada mais; observavam a oração de sexta-feira e gostavam de tomar áraque.

Nunca ninguém escutou o povo de Jenîn levantar a voz ou dizer uma palavra feia, mesmo durante os dias de fúria, quando as ideias negras sobre Israel passavam feito veneno nas veias da região árabe. Quando os árabes estavam viciados em falar sobre a libertação da Palestina, sobre socialismo e nacionalismo e outras baboseiras.

Mesmo naqueles dias, Jenîn continuou como antes e o povo de Jenîn permaneceu — como sempre foi — ocupado com a laranja, a única coisa que sabiam cultivar e colher.

Verdade seja dita, esse bom comportamento teve um impacto nos corações das autoridades judias, que mais de uma vez pensaram em oferecer uma grande recompensa a seus vizinhos pacíficos.

E isso de fato quase aconteceu, se não fossem os lamentáveis, os extremamente lamentáveis acontecimentos, que Jenîn testemunhou na primavera de 1967.

Senhor responsável pelo ar condicionado, um grau a mais de refrigeração, por gentileza...

Vou lhes relatar de uma vez o que aconteceu. Em maio de 1967, Jenîn decidiu entrar na guerra, e vocês já imaginaram, senhores, os cultivadores de laranja carregando armas para lutar? Lutar contra quem? Contra o Estado de Israel. Sem dúvida, só pode ser o destino irônico que leva o homem a sua morte com as próprias mãos.

Deite-se, malabarista!

Junho de 1967 começa com a crise se complicando e se aprofundando. A guerra era o centro das conversas. Num dia, terrível como o sol, altivo como a montanha, o Exército jordaniano respirou fundo, levantou seu braço poderoso e invadiu Jenîn. Esse era o plano, porque Jenîn ficava na linha de frente e os jordanianos eram obrigados a ocupá-la para poder defendê-la. Jenîn nunca se esqueceu daquele dia: "Bem-vindos, os heróis da Jordânia". Os grandes cartazes balançavam orgulhosos à espera. Os homens reunidos nas ruelas, alguns sentados, outros ansiosos, não podendo sossegar, subiam à colina e voltavam com notícias animadoras. "Em meia hora, os heróis estarão aqui." "Talvez já estejam nas cercanias." Enquanto isso, as mulheres trabalharam como nunca naquele dia, e como não? Os heróis vinham de uma jornada difícil e precisavam achar coisas para comer e beber, e tais coisas, após muito trabalho, acabaram surgindo: dezenas de pães recheados, tortas, ensopados e outros pratos, além das longas fileiras de garrafas de áraque aninhadas e amarradas em folhas de palmeira.

Mesmo as crianças de Jenîn esperavam com grande ansiedade a chegada do Exército jordaniano. As crianças tinham suas razões especiais, pois era a primeira vez que veriam um exército de verdade, de carne, osso e rifles; um exército que se comparado àqueles exércitos da Metro-Goldwyn-Mayer pareceria um grupo de brinquedos velhos e malfeitos também.

Que bonita esta dança, senhor engenheiro de som!

O Exército da Jordânia chegou à uma hora da tarde. O aparecimento do primeiro soldado na entrada de Jenîn, e a vista do uniforme verde e de seu brilhante distintivo de cobre luzindo foi o sinal. Um sinal mágico que liberou emoções guardadas desde a manhã, e num só impulso retumbaram as canções de alegria, os gritos de aceitação, os hinos e o alarido. Verdadeiras chuvas de rosas de boas-vindas foram jogadas sobre suas cabeças. Os heróis tinham vindo para proteger Jenîn, e Jenîn inteira abraçava os heróis. Todos cantavam e acenavam, ninguém sentia vergonha de demonstrar seus sentimentos, pois tratava-se de um momento sincero que desconhecia a cerimônia. Até mesmo os xeiques e os notáveis aclamaram os recém-chegados, cada indivíduo de Jenîn fez questão de que seu próprio cumprimento chegasse aos guerreiros, como se fosse a única saudação. Verdade seja dita, o exército jordaniano, com suas veneráveis formações, armas negras furiosas, mereciam todo esse entusiasmo. Os homens eram homens, corpos grandes musculosos, bigodes árabes, "nos quais um falcão podia parar tranquilamente". Todo o cenário inspirava força e, quando apareceu o primeiro tanque, foi demais para eles, avançaram então e começaram a escalar as paredes de aço. A cabeça do tanque se abriu e o guerreiro apareceu rindo e recebeu seus beijos e abraços.

Em poucos minutos o alinhamento militar se desfez e os soldados se misturaram ao povo numa enorme manifestação popular. Os ombros competiam num sincero desejo de carregar os heróis da Jordânia e uma multidão passeou pelas ruelas de Jenîn, chegando afinal ao pátio da Grande Mesquita (a maior mesquita de Jenîn). O orador da mesquita, que não era menos ardoroso, se viu numa situação única, organizou fileiras, fez uma oração especial, e ninguém se importou com a conveniência religiosa, depois fez um sermão para a multidão, do qual vários parágrafos ele repetiria aos filhos nos anos subsequentes. O orador falou dos primeiros imigrantes, os seguidores do Profeta que migraram para Medina, e a respeito dos apoiadores, depois passou para o Jihâd, o conceito de luta no islã, e quando chegou ao versículo que diz "Se ajudarem a Deus, Ele os ajudará", as coisas já estavam fora do controle e a multidão que rezava se transformou num verdadeiro vulcão de gritos e louvações!

Foi um dia da verdade na vida de Jenîn. À noitinha o entusiasmo não arrefeceu, embora diminuísse de intensidade. O chefe jordaniano, chamado de comandante (esta era sua patente) se reuniu com os xeiques e os notáveis de Jenîn para discutir com eles os arranjos para a defesa da cidade. Os presentes falaram sobre alguns antigos canhões posicionados na colina alta, e logo a reunião terminou, os xeiques saíram com o semblante satisfeito e foram tranquilizando as pessoas, dando-lhes as notícias da vitória certa.

Senhores, foi assim que Jenîn viveu o dia 4 de junho de 1967. Naquela noite, véspera de 5 de junho, os habitantes de Jenîn foram abençoados, como tinham de ser, por um sono tranquilo de respiração regular.

Quando de manhã a guerra eclodiu, as pessoas recebiam as notícias da luta com espírito altivo e otimismo sólido. Como alguém podia sentir medo? Como alguém podia pensar, nem que fosse por um minuto, em algo menor do que a vitória completa? Ou numa retirada? Como pensar em algo assim se o dia era de vitória? É dia de vitória, a mão de Deus está sobre a nossa, vamos esmagá-los, e hoje também será o dia do desaparecimento do Estado dos judeus, que serão dispersos novamente em todos os pontos do mundo. Do contrário, o que teria significado Abdu-Annasir? O que significam agora os heróis da Jordânia, sedentos para dilacerar os judeus? Aliás, como seriam interpretados os comunicados que chegavam de Cairo e os aviões de Israel que caíam qual moscas? O que significava tudo isso a não ser uma única coisa? Uma hora inteira na manhã de 5 de junho, das nove às dez, hora auspiciosa, providenciada pela misericórdia de Deus, em que os corações se regozijaram pela vitória sobre Israel. E que vitória! Uma vitória definitiva, uma vitória antiga que unia o cheiro de Hatîn e a espada de Khalid às louvações das primeiras conquistas.* Mas os momentos de felicidade passam qual sonhos, ligeiros, e quando em Jenîn bateu as dez horas, chegava o tempo de assombro.

Senhor, ponha a chave da refrigeração no máximo, o suor já está pingando!

Tudo começou com uma palavra tola, um rumor bobo que nenhuma pessoa repetiria sem ser escorraçado, mas, para a admiração de todos, o boato se espalhou, expandiu-se, intensificou-se até que os cochichos nas ruas de Jenîn se transformassem em vozes claras e lamentosas. "Os jordanianos estão se retirando." Até o último segundo, as pessoas estavam ora crentes, ora des-

* Hatîn era o campo onde aconteceu a batalha da vitória de Salâh Addîn sobre as cruzadas em 1187, que recuperou Jerusalém para o comando muçulmano. Khalid Ibn Alwalîd, conhecido como a "Espada de Deus", comandou as primeiras conquistas dos muçulmanos, entre os séculos VI e VII.

crentes, até que apareceu o comandante, reuniu um grupo de notáveis e lhes transmitiu os novos comandos:

— O exército jordaniano vai se retirar de Jenîn. — Quando foi indagado sobre o motivo, respondeu resumidamente: — Os planos de defesa mudaram.

— E quem protegerá Jenîn, meu senhor?

Aqui, a paciência do comandante estava quase se esgotando:

— Eu lhes afirmo que não somos idiotas, sabemos o que estamos fazendo, nós nos retiramos, mas uma companhia inteira do exército iraquiano nos substituirá para defender a cidade.

E pela segunda e última vez os jordanianos se organizaram em fileiras implacáveis, carregaram suas armas furiosas e bateram em retirada.

É preciso relatar ambos, o positivo e o negativo. Graças à habilidade do comandante e de sua longa experiência, a retirada de Jenîn foi rápida e notadamente enérgica. Os habitantes ficaram olhando, todos entregues a um profundo silêncio, que foi ao mesmo tempo sereno e eloquente. As correntes dos tanques se retirando produziam no chão um barulho deprimente. De vez em quando (era o tragicômico) uma brisa inconsequente batia sobre os retirantes e fazia balançar as enormes faixas: "Bem-vindos, heróis da Jordânia!".

Senhoras e senhores,

Devo ressaltar que minha história é destituída de má intenção e de qualquer difamação. Se os habitantes de Jenîn não entenderam — até hoje não entendem — por que o exército jordaniano se retirou, abandonando-os na manhã do dia 5 de junho de 1967, é natural que não entendessem, porque o exército tem seu regulamento e regras que são inacessíveis às mentes simples dos camponeses, cultivadores de laranja. A despeito do que aconteceu ou deixou de acontecer, queira Deus que o comandante não tenha mentido ou errado; da mesma forma, que Deus seja testemunha de que tudo que o comandante previu acabou acontecendo, exatamente como vaticinou. Menos de uma hora após a retirada do exército jordaniano, os tanques iraquianos chegavam, vieram em defesa de Jenîn, em conformidade com o plano. Mas parece que alguma coisa deu errado. Mal os tanques se aproximaram, lançaram suas ogivas. Um erro pequeno, que sempre acontece nas guerras, fez com que os tanques iraquianos bombardeassem Jenîn, arrasando-a. O pequeno erro se completou quando dos tanques saíram soldados judeus que entraram em Jenîn para nunca mais dela sair.

Na tarde de 6 de junho de 1967, quando o major Levi foi nomeado governador militar para a cidade de Jenîn, um dos xeiques, querendo brincar com ele, lhe contou a história dos tanques iraquianos, e quando o major Levi soube que o povo quase recebeu seus tanques com flores, afastou o cachimbo dos lábios, esticou o corpo para trás e riu tanto até tossir e lacrimejar!

Senhor responsável pelo condicionamento do ar,
Senhor, engenheiro do som,
Prezado malabarista,

Eu agradeço a todos.

Aqui termina minha tosca história árabe enquanto os senhores e senhoras permanecem sentados na sala, aproveitando o ar condicionado.

Ordem administrativa

Seu nome completo é "tio Ibrahim". Apesar da pobreza e do rosto pálido, uma barriga repentina despenca de dentro do casaco gasto. A barriga que é considerada nas classes altas uma condição médica a ser tratada com regime e ginástica, é vista pelos comerciantes como uma indicação palpável de bem-estar cuja permanência é desejada, já para os pobres, as barrigas são inchaços que carregam e continuarão carregando sem nenhuma razão óbvia.

Quanto a tio Ibrahim, a barriga atrevida não o deixou aproveitar uma muda completa de roupas doada pelos médicos do hospital no ano passado.

Os registros informam que a função do trabalhador Muhammad Ibrahim é "funcionário de limpeza", com o salário mensal de vinte libras egípcias e três centavos, nada mais. Mas porque tio Ibrahim era um homem bom e risonho e porque era limpo (e limpeza é o mais importante), os médicos o escolheram para fazer o café e o chá como substituto de tio Salih, que se aposentara.

Assim, a vida passou a ser um tanto suportável. Dado o fato de que tio Ibrahim passou a se dedicar apenas ao novo trabalho (fazer o café e o chá), ele conseguia faturar em gorjetas o dobro de seu salário básico, o que lhe permitiu fumar à vontade, comprar novas túnicas e sapatos para os filhos — o mais velho com dez anos —, comprar um pedacinho de haxixe para poder prolongar o ato sexual com sua mulher. Tio Ibrahim conseguiu até (e isso aconteceu duas vezes) pegar um táxi compartilhado quando estava atrasado para o trabalho.

Tio Ibrahim contava nos dedos grossos "cinco anos de remediação". Remediada é a pessoa que não tem que mendigar, o que é "uma bênção, pela qual agradecemos a Deus". A despeito do que fazia na noite de quinta-feira — a preferida de sua mulher —, tio Ibrahim não abria mão de se apresentar na pequena mesquita, para a oração de sexta-feira, de corpo limpo e com roupas cheirosas.

Quando o sermão começava, tio Ibrahim apoiava a cabeça entre as mãos em sinal de reverência. Certo dia, após um sermão sobre a importância da esmola, Ibrahim sentiu uma culpa que o abalou, o que o levou a criar o hábito de escolher um dos pacientes pobretões do hospital e lhe fazer o café de graça.

Tio Ibrahim era um homem bom.

O orador da mesquita costumava dizer: "Nada dura para sempre".

Faz poucos meses que o trabalhador Muhammad Ibrahim recebeu uma ordem administrativa, transferindo-o para o portão do hospital. No ato da entrega da função, o supervisor lhe disse:

— Parabéns, Ibrahim, agora você é funcionário da segurança. — Ibrahim teve um obscuro sentimento de pânico, mas a cena continua e tio Ibrahim recebe um casaco preto de lã, uma bota militar e fica no portão do hospital, impedindo a entrada dos visitantes e cumprimentando os médicos que entram com seus carros. Durante o primeiro mês, o cheiro do chá e a água quente atormentaram tio Ibrahim, que não tinha escolha a não ser implorar, e por isso começou a falar todo o tempo sobre seus filhos, suas doenças e como tinham de faltar às aulas. Os médicos se restringiam a responder com sorrisos mornos.

— Deus vai ajudá-lo, tio Ibrahim.

No segundo mês, Ibrahim foi até o supervisor e pôs um ponto final em suas súplicas com duas palavras:

— Quero voltar. — Seu superior tirou vagarosamente os óculos enquanto dizia com uma voz detestável:

— É uma ordem administrativa.

No terceiro mês, Ibrahim mudou muito. Não cumprimentava os médicos que entravam com seus carros. Sentava-se no banco diante do portão. Fechava firmemente o casaco preto, seu rosto adquiriu uma expressão fixa e seu olhar passou a ser duro, nunca amolecia.

Os que testemunharam a cena dizem que uma senhora de idade queria entrar no hospital para visitar o filho enfermo. Mas que naquela hora as visitas não eram permitidas. Ela insistiu muito, tio Ibrahim se levantou e se aproximou dela. Olhou para ela demoradamente e depois a espancou.

No momento da quebra

1.

O vendedor de jornais grita, o sinal muda de cor, um carro preto passa em alta velocidade, quase atropela uma senhora gorda de véu, o marido da mulher e o motorista entram numa violenta discussão. Parecia observar tudo isso por trás de um vidro grosso e frio: os rostos dos transeuntes, o barulho dos carros, as cores do neon nas vitrines das lojas, tudo ao seu redor se misturava a um fundo distante e distorcido. Tudo estava fora dele. Sua mente parou num instante particular, e não foi além. Um instante opaco e congelado permeado por nuvens e imagens incoerentes, exatamente iguais aos momentos pelos quais passa a nossa mente antes de cair no sono, naquela porção pequena, infinitamente pequena, que separa o sono do despertar. Quando voltou a si, estava atravessando a praça Sulaiman Paxá, um pouquinho depois das oito, os lojistas já estavam baixando suas portas de ferro retangulares e cinza. Um vento frio bateu no rosto e começou a pensar num lugar para ir. Lembrou-se de um barzinho na rua Imad Addîn, no qual costumava beber quando estava na faculdade. Lá não iria encontrar ninguém conhecido. Deu a volta e caminhou alguns passos em direção do bar, mas uma voz dentro dele o ridicularizou, dizendo-lhe que ele era parecido com um ator ruim num filme de Hassan Al'imâm. Diminuiu o passo, hesitou um pouco, mas logo assegurou a si mesmo de que de fato precisava de uns dois goles e algum tempo para pensar.

2.

Era cedo, o lugar estava vazio exceto por alguns clientes espalhados nas mesas. Entrou e seguiu para o fundo da sala sem olhar para ninguém, evitando as saudações. A luz era fraca, a toalha de mesa, desgastada e suja, e o lugar tinha fedor de umidade. O velho garçom núbio, educado, sorria com os dentes quebrados. O tremoço e a Pepsi quebravam a força do álcool, no primeiro, segundo e terceiro conhaques duplos, quando ele foi surpreendido pelo espanto. Foi dominado por um verdadeiro espanto, nada efêmero como o experimentado diariamente, mas aquela mesma sensação pesada de incompreensão que já conhecera quando viu a morte pela primeira vez. Naquele dia, seu pai estava deitado na cama coberto até o peito por um lençol branco, com a boca travada e os olhos fechados, seu rosto parecia normal, como se dormisse, se não fosse a leve expressão de morosidade, que podia não ser notada à primeira vista, ou talvez nunca. Era a morte em si. Teve então a mesma sensação de agora, que não compreendia, que estava triste e que de repente foi derrotado sem motivo algum. Sua derrota foi pesada, cruel e definitiva, e os fragmentos, no momento da quebra de um vidro, produzem um estrondo alto, depois se espalham de uma vez e pela última vez e acabou.

3.

Na manhã fria, ele esperava por ela. Parava perto do posto de gasolina, enfiava as mãos nos bolsos do casaco para aquecê-las, ficava olhando para a ponta da rua, de onde ela surgiria, sempre se atrasava e se desculpava rindo. Seu cabelo curto se mexia enquanto andava rápido. Só ele sabia o segredo daquela mecha, a pequena mecha que lhe caía na testa escondendo a cicatriz de uma ferida antiga. Quando se casaram, passaram dias morando numa pensão barata em Alexandria, e no caminho de volta, ela disse:

— Se os amigos perguntarem, vamos dizer que nos hospedamos na Palestina.

— Os ricos — ele respondeu rindo — não vão para Alexandria num frio desses, eles têm Luxor e Assuã como opção.

4.

Essas pequenas letras pretas entrelaçadas têm olhos! Olhos de verdade que miram, que brilham felizes ou que se turvam, tristes, e que agora contemplavam hesitantes, ansiosos, e ainda com algo que balançava, com a mesma força, entre a zombaria e a pena.

Querida Nâhid,
20 de maio! Está lembrada? Querida, eu...

Agora, ele não se lembra de como subiu a escada nem como chegou ao seu apartamento, mas se lembra claramente de ter encontrado a luz da sala acesa e que viu em cima da mesa seu jantar, que ela deixou preparado para ele, coberto com jornal (o caderno de esportes). Depois foi até o quarto de dormir, abriu a porta devagar e acendeu a luz. Ela estava dormindo e o pequeno, com o corpo encolhido colado nela, com a cabeça enfiada entre os braços. Esticou a mão, tocou-a, ela acordou e sorriu ao vê-lo. Fez para ela um sinal para que se levantasse, ela atendeu, seguiu-o com passos leves para não acordar o pequeno e depois sentou no sofá da sala. Estava de camisola rosa de mangas compridas e lhe perguntou com um tom normal embora não estivesse acordada por completo:

— Como está você?

Ele não respondeu, deu a volta e caminhou devagar até a porta do apartamento, depois voltou devagar, e olhando para o chão, disse de repente:

— Nâhid, temos que nos divorciar.

Olhou para ele e ele viu tudo nos olhos dela. Seu olhar era firme, suspeitoso. Um instante depois, ela lhe disse com uma voz constante (como se as palavras dele fossem corriqueiras, familiares e diárias, mas a diferença estava na frequência dessas palavras, o que a incomodava era apenas a frequência):

— O que é dessa vez?

Enfiou a mão no bolso, retirou a carta e lhe entregou (fez isso muito rápido, como quem estivesse aguardando a pergunta, às pressas, parecia um tanto infantil). Ela balbuciou algo enquanto desdobrava o papel, leu-o ou fingiu que leu durante alguns instantes para ganhar tempo, depois juntou as forças, colocou o papel do lado no sofá, suspirou e disse algo sobre algum mal-entendido e que a coisa não era como ele imaginava e que devia lhe dar a chance de explicar o assunto em detalhes antes de julgá-la, depois parou de falar porque de repente ele levantou a voz que saiu rouca, que soou estranha mesmo para ele, e disse:

— Você é uma prostituta! — ou vadia ou algo parecido, ele não se lembrava exatamente, e quando ela viu uma brechinha, olhou para ele e gritou com raiva e veemência:

— Eu não permito que você...

Foi calada pelo primeiro tapa, que a atingiu na cabeça com força, fazendo-a virar e bater no encosto de madeira escura do sofá; foi outro tapa que agora lhe atingiu o rosto e depois um mais forte ainda. Depois ele fechou o punho, golpeando-a no rosto, no pescoço e no peito, além de chutar suas coxas nuas, e só parou quando viu um fio de sangue saindo do seu nariz. Olhou para ela ofegante, ela não estava chorando, mexeu a cabeça um pouco para a frente, e foi quando o sangue jorrou sobre a camisola e alguns instantes depois ela disse com uma voz totalmente sem vida:

— Posso me retirar agora?

Não respondeu, estava de costas para ela, mas a viu de soslaio se levantar, ouviu a porta do quarto se fechar. Ele não se lembra de quantas vezes naquela noite a chamou à sua presença novamente, três, quatro vezes? Toda vez ele entrava, acendia a luz, encontrava-a deitada perto do pequeno com os olhos cerrados, ele sabia que ela não estava dormindo, mas a chamava como se estivesse. Ele agora se espanta ao pensar que a acordava devagar, esticando seu dedo e tocando suas costas com um toque suave como se a despertasse para algo comum numa noite comum, e o mais impressionante era que a cada vez ela abria os olhos, olhava para os lados como se saísse de um sono, levantava devagar e o seguia para fora do quarto. Podia recusar, gritar, brigar, resistir ou até acordar o pequeno, mas nada disso ela fez. Todas as vezes ela o seguia, caminhava atrás dele como um animal de estimação até chegar ao sofá, sentava-se, baixava a cabeça e, sem dizer nada, ele investia contra ela com os golpes, seu corpo se contorcia de dor sob os golpes, emitia alguns gemidos mas não chorava, nenhuma lágrima. Não se defendia dos golpes com as mãos, submetia-se a ele por completo, e quando ele parava ofegante e se afastava, ela se retirava de novo para o quarto, para onde ele ia de novo, trazia-a e batia nela, até que a última vez, quando ela sentou na frente dele, ele não a espancou. Olhou para ele, e quando sentiu seus olhar levantou a cabeça, o olhar dela era totalmente vazio, como quem não enxergasse. Os hematomas cobriam todo o rosto, havia algum sangue coagulado abaixo do nariz e havia uma pequena ferida recente sob o olho que começava a sangrar. Ele voltou um passo para trás, deu a volta, caminhou até ficar de frente para a janela fechada, curvou como que se observasse algo no chão, depois segurou com uma das mãos a maçaneta da janela, e deixou a outra aberta sobre o vidro, apertou os lábios tentando segurar, mas não conseguiu: explodiu num choro copioso.

Latim e grego

PROCURA-SE PROFESSORA DE FRANCÊS para criança de sete anos. Salário 120 libras por mês. Entrevista: rua Gâlib, Cidade Muhandessîn, das 17 às 19 horas.

Após meia hora, já tinha perdido a esperança, os motoristas continuavam passando um atrás do outro com olhar indiferente. Sentia um misto de enfado, preocupação e cansaço. Por que se recusam a parar? Talvez considerassem seu vestido branco um tanto curto. Sorriu. Lembrou-se de um artigo que lera acerca das reações. De novo, fez um sinal para um táxi que se aproximava e dessa vez implorou com o olhar, e por um momento esse gesto lhe pareceu cômico embora não deixasse de ser efetivo, pois o motorista parou imediatamente.

— Cidade Muhandissîn, senhor, por gentileza. — Quando o carro andou, seu relógio de pulso já marcava quase seis horas.

Após alguns minutos, o motorista já passava com ela sobre a ponte da Universidade. Então ela moveu seu corpo para perto da janela da direita, os alunos em grupos atravessavam para o lado contrário, deviam estar voltando de alguma aula vespertina, ou talvez tivessem passado mais tempo no café, como costuma acontecer. Sentiu vontade de rir e uma sensação de tristeza agradável a percorreu ao relembrar dias e rostos. Sábado, 18 de outubro, há cinco anos, foi sua primeira viagem para a universidade. Ainda recordava que foi ele quem a acordou naquela manhã. Papai já tinha preparado tudo:

— Eu gosto das coisinhas charmosas que o senhor faz — ela lhe dizia.

Pela primeira vez desde que era pequena, ele queria pentear o cabelo dela. Ele lhe pediu gaguejando de tanta timidez. Ela riu e lhe entregou a cabeça. Ela ainda se lembrava de quanto tempo demorou arrumando mecha por mecha, e como ela riu porque teve de pentear tudo de novo, enquanto ele balbuciava desculpas. — Tchau, professora — ele disse e ela se virou, encerrando um momento de comoção.

O pai não era universitário. A pobreza o obrigou a trabalhar desde cedo. Durante muito, muito tempo, sonhou com o dia em que ela obtivesse a licenciatura, então não era de estranhar que sua morte chegasse meses antes.

Uma friagem de fora lhe arrepiou o corpo, ela esticou a mão e fechou bem a janela. Jogou a cabeça para trás, o vestido fez um barulho que a fez pensar na dona do vestido — uma vizinha que gostava de boatos e fofocas. Começou a analisar seus sentimentos naquele momento. O que representaria o emprego para ela? "Cento e vinte libras mensais", foi a resposta veemente, secundada por uma série de roupas íntimas gastas, meias furadas e sapatos com incontáveis meias-solas. Da mesma forma, na resposta constava a súplica sincera da mãe na alvorada e também o choro amargo da irmã mais nova quando se deparou pela primeira vez com os homens no transporte público. O dinheiro só significava para ela a satisfação de suas necessidades, e era ela a única emissária para providenciar isso. Quanto a ela, no íntimo nunca ligou para as cédulas de dinheiro.

Certa vez, uma amiga lhe disse lamentando: "A leitura estragou você". Na época, ela riu dessa afirmação um tanto estranha, embora às vezes não parecesse tão ingênua. A literatura não a estragou, mas estragou seu gosto pelas coisas. Poderia ansiar, como todas as meninas de sua idade, uma casa grande e um carro luxuoso dirigido por um marido colossal. A velocidade do multiprocessador elétrico e o barulho do ar condicionado deviam causar um quê de felicidade, e a literatura de certa forma a privou de tal felicidade. Por dentro, ela estava sozinha. Sozinha. Um dia, ao assistir a um casamento interiorano, quase vomitou. O sexo estava estampado em tudo, desde o haxixe dos homens até as piscadelas e insinuações das mulheres, a maciez das coxas e a menina de oito anos de idade que se contorcia com voluptuosidade após a mãe amarrar uma faixa em torno de seus quadris. A alegria era uma criatura selvagem de traços vulgares, um implacável desejo que fervia em cada pessoa e em cada coisa nesse mundo, mas a tristeza era transparente e nobre como a noite, como o inverno de que ela tanto gostava; a tristeza a elevava em sua direção. Quando soava a Nona de Beethoven, ela fechava os olhos e aguardava a música que chegava como algo eterno, uma corrente doce que fluía a seu encontro por entre as rochas da ignorância e da crueldade.

Voltou para si quando o motorista disse:

— Aqui é o número 6. — Era uma residência de três andares, recente, conforme evidenciado pelos montes de areia e pelas pilhas de tijolos vermelhos. Sua autoestima era muito pequena para ampará-la num momento como esse, mas uma voz interior agradável lhe dizia que iria conseguir o emprego, além do fato de que ela simplesmente dominava o francês.

* * *

— Apartamento 15 — o porteiro, virando a cabeça, disse com voz monótona. Sem dúvida, muitas moças deveriam ter passado por aqui antes. Na entrada da casa foi recebida por uma estátua de mármore, Vênus em tamanho natural. Aproximou-se dela, contemplou-a, acariciou os traços nobres da deusa com os olhos de quem conheceu, conviveu e amou. Apesar de ter ficado entregue ao esplendor, teve uma sensação desconfortável de que corrompia a beleza. O semblante divino lhe parecia estranho, havia algo não familiar no silêncio dos deuses, parecia-lhe haver um aperto nos lábios da diva — uma expressão particular, misteriosa, profunda, como se fosse uma dor insuportável para deuses de corpos menores.

O número do apartamento estava gravado em numerais latinos. Na porta de madeira, uma pequena placa foi pregada e anunciava com modesta confiança: "Muhammad Musilhi, engenheiro". (*Senhor Muhammad Musilhi, faz dez anos que navego entre as linhas e conheço bem o francês, sem contar que minha mãe não aguenta mais ficar na fila dos necessitados.*)

Apertou a campainha musical. Após alguns segundos a porta se abriu e, em vez de um empregado núbio, apareceu uma senhora loira, cuja beleza sugeria origem europeia, o que logo foi confirmado pelo sotaque:

— Veio por causa do anúncio? Por favor, entre, sou a senhora Musilhi.

Ao lado dele sentavam-se quatro ou cinco moças. Candidatas, sem dúvida. Os traços não eram bem claros, mas a pobreza, atrevida, aparecia. Ele dominava a reunião naturalmente, apesar de estar sentado na ponta direita. Era cheio, porém sem exagero, digamos que tinha o corpo cheio o suficiente para ser chamado de "*bei*". Não havia ocorrido a ninguém chamar o Musilhi Bei apenas pelo nome, nem mesmo acompanhado com outro nome de tratamento além deste, seu preferido, como se alguém fosse chamá-lo de sr. Musilhi, ou engenheiro Musilhi. Ninguém ousava chamá-lo assim, nem seus colegas nem os estranhos.

Na verdade, esse fenômeno não estava relacionado tanto assim com seu tamanho, nem com sua elegância, nem com o apreço das pessoas por ele, mas com o fato de ele ter sido um homem forte, experiente e especialista nas artes de controle, tinha um olhar controlador e um jeito tranquilamente régio de se mover. Esforçava-se para reduzir os movimentos da mão, conferindo-lhes uma lentidão decisiva. Se na entonação da voz um dia existiu algum tremor, já desaparecera havia tempo. Pois é, Musilhi Bei era um homem forte de fato, até mesmo os sapatos eram brilhantes, felizes. "Trabalhem, trabalhem!", repetiria, "neste mundo, fraqueza é sinônimo de extinção." Musilhi Bei mudara rapidamente dos becos do bairro de Sayeda Zeinab, onde nascera, para Muhandissin, mas apesar de seu enriquecimento rápido, não era ladrão nem malandro, pois depois de se formar no colégio, Musilhi não quis entrar na universidade. Para que o estudo? Preferiu trabalhar em importação e exportação, uma profissão legalizada e autorizada pelo governo. Musilhi era realista, percebeu desde cedo que mudar o *status quo* era um sonho dos poetas e dos heróis dos livros de história há séculos, e por isso devia ser deixado para eles. Por causa da mudança, heróis foram aprisionados e banidos, mas ele não era herói nem queria sê-lo. Não tinha tempo para o heroísmo. Quanto tempo iria viver? Na melhor estimativa, mais trinta anos. Por isso devia aproveitar a vida, e trabalhar. Era melhor lutar por Musilhi mesmo que as coisas ficassem como eram, ou que mudassem, ou que fossem o que quisessem conquanto sua inteligência pudesse ficar a serviço de seus interesses. Foi assim que Musilhi teve êxito e enriqueceu, ficando mais e mais rico. Toda noite Musilhi

Bei se acostumou a deitar ao lado de sua bela mulher de fabricação suíça, e ler as biografias dos heróis e dos líderes — os atormentados pelas ideias impossíveis, as histórias dos idiotas —, mas hoje Musilhi anunciava no jornal que precisava de uma professora para ensinar francês ao filho, por isso muitas competiam. Musilhi se sentava entre elas, examinava-as e testava-as para que pudesse escolher com segurança a melhor. Um pensamento irônico o fez retornar ao quarto escuro onde recebia suas primeiras aulas num dos livrinhos em Sayeda Zeinab. "É o dinheiro, Musilhi!", pensou. Agora, estava sentada diante dele essa moça de vestido branco, gentil como a brisa, era tímida que dava dó, mas Musilhi Bei detestava a fraqueza e a emoção.

— Nome completo.

— Nadia Abdussalâm.

— Grau de instrução.

— Licenciatura em Letras, pela Universidade do Cairo.

As palavras embaraçosas morriam nos lábios. Era a sensação da pequenez. Ela tinha que olhá-lo nos olhos. Decidiu sorrir, não conseguiu.

— Formou-se no Departamento de Francês — ele disse como quem afirmasse.

— Na verdade, não, foi no Departamento de Latim e Grego.

Um silêncio profundo que durou um segundo.

— Mas eu anunciei que queria uma professora de língua francesa — ele disse com amabilidade que confirmava seu controle da situação. Tinha que levantar a voz!

— Eu estudei francês num instituto particular durante cinco anos.

— Sua carteira de identidade, por favor.

Ela lhe entregou a carteira enquanto seu rosto tomou a expressão de indiferença. Com o canto do olho, viu uma das moças sentadas cochichar algo rindo para sua vizinha no sofá.

— Senhorita Nadia, quero deixar uma coisa bem clara. Meu filho não precisa de alguém para lhe ensinar o francês, pois fala muito bem essa língua. Ele precisa de alguém para ajudá-lo em suas aulas no Lycée.

— Eu sei muito bem o francês.

— Veremos de qualquer modo... Karîm! — ele chamou e olhou ao redor. Um menino loiro se aproximou do pai.

— Esta é Mademoiselle Nadia. Sua nova professora. Cumprimente-a e fale com ela em francês.

— Bom, você é minha nova professora?

Ela sabia francês muito bem.

— Papai! Ela não diz nada.

Musilhi Bei, que escutava com atenção, fingia que estava lendo seus documentos e, quando levantou a cabeça, Nadia estava indo embora.

Um velho vestido azul e um lenço para cobrir a cabeça

1. UM VELHO VESTIDO AZUL

Logo que a conheci, convidei-a para jantar num pequeno restaurante na praça da Ópera. Na semana seguinte, levei-a ao cinema, depois a deixei em casa e, antes que ela descesse do carro, pedi-lhe que fosse ao meu apartamento. Não ficou surpresa, nem chocada, nem fingiu zangar-se como faziam as mulheres. Respondeu com um olhar vago, depois perguntou calmamente o endereço, fez perguntas sobre o porteiro e os vizinhos; chegou na hora marcada.

Preparei-me com duas doses de bebida, sentei-me a seu lado na sala, abri caminho com uma longa conversa agradável. Eu esperava algum tipo de resistência e de dengo, como costuma acontecer na primeira visita de uma mulher, mas quando chegou a hora ela não recusou, entregou-se aos meus beijos e depois sussurrou pedindo licença, tirou sua roupa peça por peça, pendurando-as no cabide com cuidado, como se representasse um papel ou cumprisse algum acordo prévio. Quando terminamos, ela descansou seu corpo nu, longe do meu, deitada de costas com as mãos sob a cabeça, olhando para o teto. Naquele instante parecia triste, e sendo eu um entendido no sentimento melancólico que se segue ao amor, estiquei a mão e acariciei uma mecha de seu cabelo espalhado. Deu umas batidinhas na minha mão e disse baixinho:

— Sabe? Tem horas que a gente fica com pena de si mesma.

Abracei-a e sussurrei iniciando um "novo" beijo:

— Não se preocupe.

Tinha bom coração e era pobre; contou-me do pai motorista, de seus cinco irmãos e do quarto em que moravam no sótão, na rua Almawardi, do marido saudita que fugira dois meses depois do casamento. Ela riu enquanto imitava o sotaque do funcionário do consulado, descrevendo para mim seu apartamento luxuoso no Zamalek.

Eu me lembro dela agora...

Vejo-a com o cabelo molhado saindo do banho, vestindo meu roupão de seda estampado, com as mangas dobradas, acomodando seu corpinho nele. Vejo-a de tardinha, um instante antes de deixar meu apartamento, caminhando devagar, sozinha na escuridão do corredor, como quem arrancasse o rosto da amante para colocar no lugar um rosto comum, igual ao de todos os transeuntes. Abria a porta do apartamento com cuidado, saía, e eu ouvia seus passos ficando mais fortes à medida que se afastava. Vejo-a andando comigo um dia inteiro, entrando e saindo de lojas para escolher minhas roupas a seu gosto; examinava, comparava, como se fôssemos uma casal de verdade e como se ela fosse a minha carinhosa e dedicada esposa.

Depois, vejo-a finalmente naquela manhã. Marcamos o encontro na estação próxima de sua casa. Estava frio e as pessoas procuravam o único lugar ensolarado na calçada, e ela estava entre eles, com seu vestido de inverno azul, um pouco puído no cotovelo. Naquela manhã, seu rosto me parecia diferente, esquisito. Quando sentou perto de mim no carro, notei que havia algo pesado estacionado entre nós.

Ela falou primeiro:

— O hospital fica no fim da rua Salah Salem.

Virei o carro na direção indicada, e como quem começasse um capítulo novo, suspirei como se minha paciência estivesse a ponto de se esgotar e disse:

— Eu lhe disse que posso me casar com você.

Eu havia dito essa frase umas cem vezes nos últimos dois dias, mas ela não comentava nada. Toda vez que lhe propunha casamento, ela esperava que eu terminasse, depois continuava sua fala sobre a operação, como se eu não tivesse dito nada. Ela sabia que eu não me casaria com ela, e que de certo modo eu insistia para que ficasse claro para ela que eu não estava falando sério.

O hospital era um pequeno prédio branco, a placa era enorme: Maternidade Adîb. Enquanto ela subia na minha frente a escada de mármore, com passos lentos, indecisos e cabisbaixa, imaginei-me parte de uma cena, em que eu era o guarda que levava a mulher pecadora para o seu inescapável destino.

Dr. Adîb nos recebeu em seu consultório; corpo flácido, calvície larga e rosto cheio e oleoso. Cumprimentou-nos brevemente, depois me perguntou, fingindo ingenuidade:

— O senhor é o marido da madame?

Fiz que sim com a cabeça.

— Por que querem fazer a operação? — perguntou.

— Na verdade, já temos dois filhos, estamos satisfeitos, graças a Deus — respondi, seguindo as instruções dela.

Foi o suficiente para encerrar as formalidades, o rosto do médico tomou feições um tanto resolutas e disse com sua voz normal:

— São quinhentos pela operação e cem para a anestesia.

Eu já havia preparado a quantia num envelope, que o médico pegou, e logo que colocou na gaveta se pôs de pé, dizendo:

— Então, não vamos mais adiar; por aqui, senhora.

O médico foi na nossa frente e nós — eu, ela e a enfermeira — tínhamos que atravessar um enorme corredor escuro até chegar à sala de operações, de porta dupla e duas janelas de vidro redondas. Caminhamos em silêncio. Lá, à porta, ela virou de repente para mim e sussurrou:

— Estou com muito medo, Salah. — Eu não disse nada, fiquei parado no meu lugar até a enfermeira puxá-la pela mão para dentro, deixando as portas baterem violentamente atrás delas. Tive uma dor de cabeça forte, e pensei, enquanto me sentava numa cadeira no corredor, que a situação era difícil e que não podia me casar com ela, por mais boazinha que fosse e por mais que gostasse dela; no final, não passava de uma mulher sem reputação e depois... será que não engravidou de propósito para me arrastar a um casamento? Não havia essa possibilidade?

2. UM LENÇO PARA COBRIR A CABEÇA, BEM COLORIDO

O que eu mais admirava nela eram seus princípios. Excelentes. Éramos cinco no curso de contabilidade e ela era a única aluna que usava véu. Seu véu não era daqueles longos e largos, era apenas um lenço para cobrir a cabeça: um pedaço redondo de seda bordada que lhe cobria o cabelo, de um tipo que mais tarde fiquei sabendo se chamar *bonnet*; e ela possuía uma coleção inteira de *bonnets*; para cada vestido, tinha um *bonnet* da mesma cor. Sua beleza era atordoante: dois olhos negros grandes, cútis clara, brilhante, angelical; nariz pequeno, delicado como uma fruta deliciosa, e dois lábios cheios e pintados, que, quando parcialmente abertos, revelavam dentes regulares cor de pérola.

Toda essa beleza era envolta em modéstia e seriedade. Nenhuma risada frívola que escapasse, nada de gestos impudicos, nem uma palavra desnecessária com um colega nem sequer uma única tentativa de chamar a atenção. Ademais, era profundamente religiosa, pedia ao professor que interrompesse a aula para que fizesse a oração da tarde. Senti-me atraído por ela, e apesar de minha experiência com as mulheres, não tive coragem. Como podia riscar toda aquela sobriedade com uma palavra barata de flerte? Longos meses se passaram enquanto a observava calado. Durante a aula, ela notava meu olhar e tenho certeza de que um leve tremor passava pelo seu belo rosto quando nossos olhos se encontravam.

Certa noite, o telefone tocou na minha casa e era sua voz: delicada, entorpecida, como se estivesse com sono ou acabado de acordar. Perguntou-me sobre um ponto que não ficara claro na última aula, depois me agradeceu. Ela desligou e eu fiquei acordado a noite inteira, pensando. Por que me escolheu para tirar a dúvida? Primeiro, era fraco em contabilidade e ela sabia disso, e em segundo lugar, ela tinha o número do professor e podia ter ligado para ele e perguntado, caso quisesse... será que...?

A ideia de que gostava de mim me fez voar como um pássaro no céu.

Eu liguei para ela no dia seguinte e sua mãe me perguntou com frieza:

— O senhor é...?

— Sou Salah, o colega dela, *tante*!

A mãe ficou calada por um instante, como se avaliasse a situação, depois a chamou. Dessa vez falamos por um bom tempo, fiquei sabendo que tinha duas irmãs e que o pai dela era professor universitário, trabalhava no Golfo, contei-lhe que meu pai havia morrido recentemente e reclamei dos procedimentos complexos do inventário, e no final lhe perguntei se podia ligar para ela de vez em quando. Riu e disse:

— Sim, pode, para incentivarmos um ao outro a estudar.

Nossas ligações se tornaram diárias e longas, seu amor tomou conta do meu coração e meus sentimentos transbordaram a ponto de eu lhe dizer certa vez:

— Escute, eu amo você; aceita se casar comigo? Calou-se por um bom tempo, depois escutei sua voz baixa e triste dizendo que era isso que temia desde o início e que eu era um rapaz excelente, sonho de qualquer moça, mas que ela não pensava em se casar no momento. Fiquei chocado pela resposta, perguntei-lhe com uma voz infeliz se aquilo significava que ela estava me recusando, respondeu que ela não me aceitava nem me recusava, mas que simplesmente não pensava em se casar. Continuamos a falar por telefone todo dia, mas não mais mencionei o casamento para ela, embora lhe expressasse meu amor diariamente, dizendo: "eu te amo, eu te amo". Às vezes ela respondia dizendo:

— Se realmente me amasse estudaria mais. — E quando o exame final estava se aproximando, ela me disse: — O que acha de estudarmos juntos? Venha amanhã aqui em casa, eu já avisei a meu pai e a minha mãe.

Passei a noite num sonho maravilhoso. Não dormi, não estudei uma palavra sequer e, quando chegou a hora, estava com minhas melhores roupas, de cabelo bem penteado, com a barba feita, feliz, tocando a campainha musical de sua porta. Sua casa era bonita e seus pais, mais bonitos ainda. O pai era um homem distinto que me acolheu com seu sentimento paterno. A mãe, apesar da idade, continuava bonita, e cobria a cabeça com um *bonnet* preto. Gostei muito de eles terem nos deixado a sós na sala de estudos, fechando a porta. Não era isso um sinal de confiança na filha e nos meus costumes também?

Como é lindo o amor! Passei a visitá-la todo dia, sentava perto dela, estudávamos, conversávamos e me aproximava mais dela, sentia o perfume do seu cabelo e, quando ela menos esperava, eu pegava na sua mão delicada e branca, sentindo-a derreter-se na minha mão. Ficava rubra, arfava ou sussurrava com medo:

— Você é louco, se a mamãe nos pegar, será uma catástrofe.

Até que um dia, quando fui estudar com ela, sentei-me à mesa e abri as anotações na minha frente, ela me contou — casualmente — que os pais haviam saído e não voltariam antes do anoitecer. No momento em que meu cérebro processou a informação, senti o sangue ferver no meu corpo, uma névoa cobriu meus olhos, não via mais nada, pedi-lhe ofegante que me trouxesse um copo d'água, mas logo que se levantou e se virou, peguei-a pelo braço, puxei-a para mim e lhe cobri o rosto e o pescoço de beijos. Deixou escapar um grito baixinho e resistiu um pouco, mas depois se entregou aos meus braços e nos perdemos num longo beijo, o mais doce que eu já tinha saboreado na vida. Quando voltei a mim, vi seu rosto molhado de lágrimas e ela logo explodiu num pranto doído. Tentei acalmá-la, disse que sentia muito por não ter conseguido me controlar, e, na tentativa de confortá-la, falei que era apenas um beijo. Naquele momento, minha amada me dizia aos gritos:

— A questão é simples para você, mas para mim é uma catástrofe. Nenhum homem, exceto meu pai, havia me tocado antes. Como permiti que me beijasse? O que vou dizer a meu pai? O que vou dizer a minha mãe? — Minha amada se entregou a uma nova crise de pranto e de lamúria. Não consegui suportar a situação, saí de lá depressa, extremamente chateado.

Cá estamos nós. Minha mãe e eu na sala da casa deles e a minha amada está lá sentada entre os pais, com um vestido de um vermelho berrante e um *bonnet* da mesma cor. Minha mãe falou longamente acerca da minha criação, educação e da fortuna que meu pai havia me deixado e também do desejo dela de me ver casado. Quando a conversa chegou ao acerto do dote e das joias, minha amada levantou sua bonita e delicada mão e ajeitou o *bonnet* que havia se escorregado um pouco, e depois disse a minha mãe, com sua voz suave e encantadora, que vinte mil libras não eram suficientes como dote e falou sobre parentes dela cujos dotes chegaram a sessenta ou setenta mil. Terminou afirmando com educação e firmeza que seu dote não podia ser menos que trinta mil.

Cutuquei minha mãe imediatamente para que concordasse.

Izzat Amîn Iskandar

Ele era meu colega de primário, um tanto baixo, corpo forte, cabeça grande, cabelo negro liso, usava óculos, tinha o sorriso ordeiro, quase suplicante, um olhar copta (às vezes esquivo, melindrado e assustador, às vezes profundo, submisso e carregado de culpa e angústia). Izzat Iskandar tinha uma prótese no lugar da perna e usava muletas, calçadas com um pedaço de borracha para evitar o barulho e as quedas. A prótese era coberta pela perna da calça e calçada com meia e sapato para que parecesse natural. Toda manhã Izzat mancava pela sala de aula apoiado na muleta, puxando sua prótese, um passo claudicante atrás do outro, até chegar à última fileira. Lá no canto, perto da janela, se sentava, jogava a muleta no chão e não olhava mais para ela. Ficava totalmente absorvido na aula, anotando tudo o que a professora dizia, escutava, franzia a testa pensativo, depois levantava a mão pedindo esclarecimento — como se o envolvimento no estudo pudesse inseri-lo na multidão, fazê-lo perder-se entre nós, e por algumas horas se tornar apenas um aluno aplicado no meio dos outros, sem muleta e sem mancar.

Quando o sino do intervalo ecoava seu som alegre, os alunos se regozijavam, largavam o que tinham nas mãos, se empurravam na porta da sala antes de sair para o pátio. Izzat era o único que recebia as badaladas do sino como uma notícia antiga, fechava seu caderno, afastava-o para o lado, abria sua mala e dela retirava um sanduíche e uma revista de quadrinhos, passava o intervalo comendo e lendo. Quando um aluno, por curiosidade ou pena, olhava para ele, Izzat então sorria abertamente enquanto lia, fingindo estar muito entretido, como se o prazer da leitura fosse o único empecilho para não ter ido ao pátio.

Foi a primeira vez que levei minha bicicleta à escola. Era tarde de quinta-feira, o pátio estava vazio exceto por alguns alunos jogando bola do outro lado. Comecei a andar de bicicleta, atravessava o pátio indo e voltando, dava voltas em torno das árvores, me imaginava numa corrida de bicicletas e gritava alto:

— Senhores e senhoras, agora é o campeonato mundial de ciclismo! — Eu imaginava multidões, bandeiras, corredores competindo, escutava gritos e apitos dos torcedores. Sempre era o primeiro a chegar, cruzava a linha antes de todos os outros e era recebido com flores e beijos de congratulações.

Fiquei brincando por um tempo, mas tive a sensação de estar sendo observado. Olhei ao redor e vi Izzat Iskandar sentado na escada do laboratório, parecia me observar desde o início, e quando nossos olhos se encontraram, sorriu e acenou, então fui em sua direção e ele iniciou o processo de se levantar: apoiou a mão no corrimão, abraçou a muleta, depois ergueu o corpo devagar até ficar de pé, desceu a escada, degrau por degrau, e quando chegou até mim, começou a examinar a bicicleta. Pegou o guidão, tocou a campainha várias vezes, depois abaixou e tocou nas barras da roda dianteira, sussurrando baixinho:

— Bela roda.

Orgulhoso, respondi, apressado:

— É a Raleigh 24, rodas de corrida, tem três velocidades.

Voltou a observar a bicicleta como se verificasse o que eu acabara de dizer, depois me perguntou:

— Sabe dirigir com as mãos para cima?

Assenti com a cabeça e voei na bicicleta, era especialista em bicicletas e queria me exibir na frente dele. Pedalei muito até chegar à velocidade máxima, senti a bicicleta chacoalhar embaixo de mim, depois retirei minhas mãos com cuidado do guidão e as levantei até ficarem na altura dos ombros. Permaneci assim um tempinho depois dei a volta e segui em sua direção. Tinha se adiantado alguns passos para o meio do pátio. Parei na frente dele e disse enquanto pulava da bicicleta:

— Que tal?

Não respondeu. Abaixou a cabeça e começou a olhar a bicicleta como quem avaliasse algo muito importante, e de repente jogou a muleta no chão, aproximou-se um passo até se grudar na bicicleta. Pegou no guidão, aproximou-se de mim e disse:

— Posso dar uma volta, por favor? — e insistia —, por favor, por favor.

Não entendi de início e fiquei olhando para ele. Naquele momento parecia estar sendo varrido por um desejo, incapaz de parar ou voltar atrás, e quando me viu calado, começou a balançar o guidão com violência e gritou bravo dessa vez:

— Estou falando para me deixar dar uma volta! — Depois pulou de onde estava tentando montar a bicicleta, quando perdeu o equilíbrio e quase caímos, os dois!

Não me lembro do que pensei então, mas algo me empurrou para ele, me vi ajudando-o a montar. Apoiou-se no meu ombro e na muleta e, depois de várias tentativas cansativas, conseguiu levantar seu corpo e passar a perna boa para o outro lado da bicicleta; sentou-se no selim. Seu plano era esticar a perna artificial para a frente, afastando-a do pedal ao mesmo tempo que pedalava com o pé são. Era uma manobra difícil, porém possível. Izzat se ajeitou no selim, e com minhas mãos nas suas costas, eu o empurrava devagarzinho, e quando a bicicleta começou a se mover e ele a pedalar, deixei-o ir. Ele perdeu o equilíbrio, vacilou bastante mas rapidamente recuperou a pose, endireitando a bicicleta, controlando-a.

Ele fazia enorme esforço para pedalar com um pé só e se manter equilibrado. Instantes passaram enquanto a bicicleta seguia devagar para a frente, Izzat passou pela árvore grande e depois pelo quiosque da cantina, e me vi aplaudindo e gritando:

— Bravo, Izzat!

Ele continuava indo em frente até quase alcançar o fim do pátio, quando tinha que dar a volta, e eu temia isso, mas ele conseguiu com cuidado e habilidade se virar, e enquanto vinha na direção oposta, parecia confiante e no total controle da bicicleta, chegou até a aumentar a velocidade, trocando a marcha, e mais uma vez fazendo o vento balançar seus cabelos. A bicicleta estava em grande velocidade enquanto Izzat passava no corredor formado pelas árvores e ele desaparecia e aparecia por entre as folhagens. Ele conseguiu! Eu o vi sobre a bicicleta, que voava feito lança, voltar as costas para trás e levantar a cabeça soltando um grito que ecoava nos cantos do pátio. Era um grito esquisito, alongado, rachado, como se estivesse aprisionado no peito por muito tempo para ser liberado naquele momento:

— Veeeeeeeeeeeeeeja! Está veeeeeeeeeendo?

Pouco tempo depois, quando corri em sua direção, a bicicleta estava no chão, sua roda dianteira ainda rodava e zunia. A prótese com a meia, o sapato e sua cavidade negra, jazia longe, afastada do corpo, como se fosse um ser separado com vida independente. Izzat estava com a cabeça no chão, sua mão tocava a perna amputada, de onde jorrava sangue, formando na calça rasgada uma mancha que se expandia. Chamei-o, levantou a cabeça devagar, havia feridas na testa e nos lábios, seu rosto parecia diferente sem os óculos. Olhou para mim por um instante como quem reunisse suas ideias, e depois disse com uma voz fraca e uma sombra de sorriso:

— Você me viu andando de bicicleta?

Makârim, minha querida irmã

Em nome de Deus, o Misericordioso, o Misercordiador, a quem pedimos ajuda. A oração e a paz estejam com nosso profeta Mohammad, senhor dos primeiros e dos últimos, e com todos os seus familiares e companheiros.

E para iniciar:

Querida irmã Makârim,

Estamos com muita saudade, minha querida irmã. Juro por Deus que sempre pensamos em você. Ontem mesmo acordei assustado no meio da noite ao som de um choro, e vi Batta acordada, chorando muito e dizendo: "Hassan, está difícil aguentar que Makârim esteja sozinha com mamãe".

Nosso coração está com você, minha irmã; todos nós, eu, Batta e as crianças, rogamos a Deus que lhe dê paciência e fé. Você já provou, Makârim, que é uma filha de verdade, e o apoio que dá a nossa mãe em sua doença é testemunha disso. Saiba, minha irmã, que o cuidado que está dando à mãe não será em vão, porque uma pequena oração de nossa querida mãe é capaz de lhe abrir as portas do paraíso, com a permissão de Deus.

Minha irmã querida, eu mostrei as chapas de raio X e os exames da mamãe aos médicos daqui, todos concordaram que o tumor infelizmente, minha irmã, está no terceiro estágio, e isso significa que a operação não é indicada e que a única solução seria a quimioterapia. Makârim, você crê e cresceu obedecendo a Deus e submetendo-se a Sua vontade, e você sabe, minha irmã, que a doença, a saúde, a vida e a morte estão na mão do Criador, louvado e exaltado seja, e que o filho de Adão nada pode, nada.

Imagino, minha irmã, que quer saber notícias minhas. Juro por Deus que não quero aumentar suas preocupações, Makârim, pois basta o que tem enfrentado. Desde que eu e Batta voltamos da última peregrinação, temos problemas contínuos. Graças a Deus por tudo. No mês passado senti uma dor forte do meu lado esquerdo, e de noite a dor aumentou a tal ponto que me virava no chão chorando feito criança. No hospital, fizeram todos os exames e o médico disse que tenho muitas pedras no meu rim esquerdo e que a operação era inevitável. Sem mais delongas, minha irmã, fiz a operação e me mantiveram no hospital por três semanas. Juro por Deus Grande que gastei entre operação, exames e recuperação, exatamente dez mil riais. Graças a Deus por todas as coisas. Mal convalesci e ocorreu um problema com meu fiador,* que é o dono da escola onde Batta e eu trabalhamos, e ele é um xeique importante e bem relacionado; consegue nos mandar embora daqui em vinte e quatro horas, mas, minha cara, o problema é que ele ficou sabendo que estou frequentan-

* Um estrangeiro só pode trabalhar na Arábia Saudita sob responsabilidade de um cidadão saudita. Esse fiador, além de reter o passaporte do trabalhador e assim controlar seus passos dentro e fora do país, tem direito a uma percentagem do que ganha o trabalhador.

do o palacete do xeique Fahd Arrabi'i e que às vezes ajudo seus filhos no dever de casa. O fiador pensa que estou dando aulas particulares a eles mediante pagamento de salário, mas eu lhe garanti que eu e o xeique Fahd somos amigos e, quando nos reunimos, é somente para estudar o Alcorão, mas o fiador não está convencido e sempre que tem chance faz insinuações de que estou dando aulas particulares. Há dois dias cheguei a me alterar com ele, dizendo: "Tema a Deus, xeique! O ônus da prova é do acusador e o senhor está me acusando sem prova, isso é pecado!". Foi inútil, minha irmã, o xeique me descontou os bônus de dois meses, que Deus o perdoe.

O que lhe dizer mais, Makârim? Juro por Deus Grande que Batta e eu estamos pensando seriamente em voltar de uma vez por todas para o Egito. Dez anos fora de casa, gastamos tudo que ganhamos aos poucos, quer dizer, estamos sem nada como quando Deus nos criou. Graças a Deus. O que mais nos incomoda é que as pessoas no Egito pensam que nós estamos aqui sentados apanhando ouro e enriquecendo.

Finalmente, minha irmã, peço que nos mande notícias sobre o estado de saúde da querida mãe, quando puder; diga-lhe, Makârim, que se não fosse a situação difícil e forçosa teria largado tudo e ido, eu, Batta e as crianças, para sentar aos seus pés, porque ela é a bondade e a bênção. Gostaria, minha irmã, que lesse para ela a Oração dos Desvalidos, na tradição do profeta, a oração e a paz estejam com ele. É bom que recite, após a ablução, a oração que diz: "Meu Deus, rogo que não me deixes depender apenas de mim sequer por um segundo, alivia as minhas aflições, pois não há deus exceto Tu".

Se, minha querida Makârim, repetir esta oração o suficiente, encontrará o bem, com a permissão de Deus. Quanto à quantia que pediu para poder transferir minha mãe para um hospital particular, se eu gastar todo o dinheiro do mundo, se vender minha roupa por minha mãe, não devolveria a essa magnífica senhora metade do que fez por nós, mas com grande pesar lhe digo que minha situação financeira não permite, sendo que cheguei a pedir dinheiro emprestado a alguns irmãos para poder chegar ao fim do mês.

De qualquer forma, já consultei o dr. Husni Abid no que se refere aos hospitais e ele me disse que o tratamento no hospital público é o mesmo do particular, com a única diferença de que no último cobram grandes quantias, porque a medicina no Egito se tornou comércio, Deus nos livre! Essa é a opinião do dr. Husni, e ele é um grande médico aqui e é bom homem, temente a Deus, a Quem damos a primazia, e você, minha querida irmã, tem a generosidade.

Makârim, junto a esta carta você encontra uma cartinha endereçada a Hagg Gharîb, o corretor, procure-o no Café Nadi e lhe entregue a carta imediatamente, diga-lhe também para me ligar com urgência e, se não me achar, ligar para o xeique Fahd Arrabi'i no número (06) 582-1465. Trata-se, Makârim, de um assunto muito importante e urgente.

A paz e a misericórdia de Deus estejam com você.

Seu irmão,

Hasan Muhammad Nagati

Alqasim, aos 5 de Muharram, 1413

(Cópia autêntica)

As tristezas do Hagg Ahmad

Hagg Ahmad voltou para casa após fazer as orações extras do Ramadã na mesquita, e sentou-se para assistir televisão até ser chamado pela esposa, Hagga Dawlat, para desjejuar antes da alvorada. Hagg Ahmad levantou-se devagar e se sentou à mesa, suspendeu as mangas da túnica, balbuciou "Em nome de Deus", depois começou: tomou um copo de suco de laranja morno, que é um purificador do sistema digestivo além de funcionar como alerta para que o estômago não seja surpreendido pela comida. Enquanto isso, a empregada filipina atravessava o corredor carregando a bandeja do desjejum para o quarto de Hagg Azzâm, o pai idoso de Hagg Ahmad, que morava com eles fazia dois anos.

Hagg Ahmad esticou a mão e cortou um grande pedaço da massa folhada quente, imersa na própria gordura, mergulhou-o no prato do *fûl* que estava bem na frente dele na mesa — a fava temperada já tinha passado por um longo processo de preparo desde o cozimento, o descascamento, o amassamento, até a mistura com o picadinho de tomate já temperado com óleo de milho, limão, pimenta e coentro para que seja um deleite e recompensa após o longo dia de jejum. Hagg Ahmad fechou os olhos, mastigando e saboreando devagar cada bocada como se fosse um experiente músico afinando suas cordas com notas simples antes de entregá-las ao mundo sinfônico.

— Que suas mãos sejam abençoadas, Hagga — foi isso que o Hagg balbuciou com afeto enquanto mastigava.

— Que lhe traga o bem-estar e a saúde, Hagg — respondeu a esposa com voz agradecida.

Após a fava, Hagg Ahmad planejava atacar o prato de omelete com salsinha que estava posicionado a sua direita, que depois seria seguido por um copo de hibisco de Assuã gelado, e quem sabe pudesse dar um jeito de arrumar um lugar no seu estômago para alguns ovos cozidos, os quais comeria puros, sem pão, para não ficar totalmente cheio e ser obrigado a abrir mão do "doce", a sobremesa que já sabia do que se tratava: pratos de arroz-doce com lascas de coco deliciosas cobrindo a face branca consistente.

Mas logo que Hagg Ahmad esticou a mão para repetir a massa folhada, ouviu um grito agudo, doído, que rompeu o silêncio da noite, dando lugar ao pandemônio. Hagga Dawlat pulou assustada, sua cadeira virou e caiu para trás, causando um enorme barulho, e atrás dela ia correndo Hagg Ahmad conforme permitiam a obesidade e o reumatismo. A empregada filipina estava parada à porta do quarto de Hagg Azzâm, e no rosto asiático havia marcas de pavor mortal. O quarto jazia num silêncio pesado. Ao entrar no quarto, Hagg Ahmad sentiu um cheiro de terra e de mofo e viu seu pai deitado na cama, com a boca vazia de dentes aberta e os olhos fixos no vazio. No rosto do velho congelou-se uma expressão fixa, como se algo o surpreendesse fortemente, uma vez e para sempre.

Hagg Azzâm morreu e Hagga Dawlat lançou um grito longo como se anunciasse a dolorosa notícia. Hagg Ahmad jogou seu pesado corpo vivo sobre o corpo morto do pai, enterrou o rosto no peito dele e se entregou a um copioso choro, feito uma criança perdida, esquecendo-se de tudo. Quando voltou a si, o quarto estava vazio, endireitou-se, secou o rosto com a manga, recitou a *Fâtiha*, depois fechou os olhos e a boca do pai e lhe cobriu o rosto com o lençol. Enfiou a mão embaixo do travesseiro, pegou as chaves e as depositou no bolso. Saiu do quarto e foi até o telefone para anunciar a grande perda aos parentes e conhecidos.

Uma hora depois, Hagg Ahmad estava sentado no meio dos condolentes, na sala, vestindo um terno safári, azul-marinho, enquanto a empregada filipina passava entre os presentes com uma bandeja, oferecendo café e água gelada. Os vizinhos foram os primeiros a chegar, depois o sr. Said Azzam, o filho do meio do falecido, o subsecretário do Ministério de Irrigação, estava com o rosto pálido e o olhar surpreso, tamanho era o choque, e quando chegou Âdil, o caçula, funcionário da American Express, insistiu em ver o rosto do pai, mas quando afastaram o lençol caiu duro no chão; carregaram-no até a sala e esfregaram seu rosto com colônia. Já dona Âmina, a única filha do falecido, logo que entrou apressada no apartamento e foi avistada por Hagga Dawlat, esta começou a gritar com voz emocionada e trágica de cortar o coração:

— Venha ver, Âmina, nosso pai morreu, Âmina.

Âmina atendeu batendo violentamente no próprio rosto, o que a fez cair no chão do corredor. Hagg Ahmad deixou os presentes e correu até as duas mulheres alteradas pela emoção para acalmá-las, depois ficou a sós com seu irmão Âdil, que já estava um pouco mais calmo, e lhe deu um pacote de mil libras egípcias, acertaram os preparativos do dia seguinte, o coveiro, o caixão, o anúncio do óbito entre outras coisas.

Hagg Ahmad estava acostumado a lidar com as calamidades, era o mais velho dos irmãos e seu emprego como contratador lhe deu o senso prático e nervos sadios ainda reforçados pela profunda fé e o vasto conhecimento das questões religiosas. Lá estava ele sentado, calado, pensativo, seu rosto evidenciava como estava triste e também como se munia da paciência — qualidade do verdadeiro crente. Hagg Ahmad não chorou nem teve comoções como os outros, mas seu coração pesava sob uma tristeza enorme qual montanha, o olhar baixo e sofrido, e os lábios balbuciavam versículos do Livro, quem dera aliviasse a dor da ferida. Naquela noite, Hagg Ahmad precisava relembrar seu pai, como o criou e aos irmãos e o quanto por eles sacrificou seu bem-estar e dinheiro e agora, com a missão totalmente cumprida, estava indo ao encontro de seu Deus. "Oh, serena alma, volta a teu Senhor, apaziguada, contentada"— Deus disse a verdade, murmurou Hagg Ahmad, enquanto se sentava no meio dos presentes, entregue a seus pensamentos e orações pelo pai que partia. Depois, num dado momento, Hagg Ahmad levantou a cabeça para alongar seu pescoço, fazendo-o estalar (movimento comum, insignificante como quando se mexe com a pulseira do relógio do pulso ou quando enrola a ponta do bigode enquanto fala). Seja como for, seus olhos caíram sobre o relógio da parede. Os ponteiros dourados marcavam as três horas e meia da manhã e, quando voltou a abaixar a cabeça, algo no seu peito havia mudado, algo abjeto começou a cutucá-lo como uma agulha irritante. Hagg Ahmad tentou seguir pensando no falecido, mas foi em vão. As cutucadas aumentaram, uniram-se e acabaram formando uma ideia maldosa que passou a persegui-lo e a pressionar sua mente. Não desjejuou, foi surpreendido pelo infortúnio antes de ter experimentado a comida, a não ser uma única bocada. Faltava apenas um quarto de hora para a alvorada e seu estômago estava vazio, reclamando. Ele sentia fome, queria comer, simplesmente isso.

Quando isso ficou tão claro para ele, Hagg Ahmad sentiu-se envergonhado, até mesmo desonrado, desprezou a si mesmo.

Quer comer, ficar satisfeito, arrotar enquanto não faz uma hora que seu pai morreu? Não aguenta ficar com fome um único dia por causa do homem que o criou e o fez homem de respeito? Os espíritos veem e escutam, e se o espírito de seu pai neste minuto estiver sorrindo com tristeza e desprezo por sua ingratidão? É tão depressa assim que sua mente se desvia da desgraça para a omelete e a fava com tomate? Hagg Ahmad disse com voz audível que pedia refúgio em Deus e virou rapidamente a cabeça para a direita como quem desejasse afastar o pensamento ruim, mas o demônio — que Deus o amaldiçoe —, quanta habilidade! Lá estava ele sussurrando com voz calma e convincente: para que tanto barulho? O desjejum passou a ser indevido e proibido? Ele se conhecia, não conseguia aguentar um dia de jejum sem a refeição antes do amanhecer, se não comesse agora, teria que quebrar o jejum no dia seguinte, e quanta vergonha isso lhe traria? Era melhor comer agora, pois amanhã seria um dia difícil. Tinha que estar presente para a lavagem do corpo, para envolvê-lo com a mortalha, para o funeral e o enterro e o diabo a quatro! Como suportaria tudo isso com o estômago vazio? Ademais, todas essas pessoas de luto e abatidas sentadas em torno dele, minutos antes da disparada do canhão, quem garante que não comeram antes de vir? Se estivessem com tanta fome como ele, não teriam essa expressão pacífica no rosto; sem dúvida comeram bem em suas casas e depois vieram chorar o falecido com lágrimas generosas. Ele mesmo, se seu pai tivesse morrido em outro lugar, não na sua casa, teria comido antes de ir para o velório. Era perfeitamente natural, nada havia de repreensível ou pecaminoso, e assim a resistência de Hagg Ahmad foi se desgastando até que desapareceu por completo às três horas e quarenta minutos, e, faltando cinco minutos, Hagg Ahmad pulou de seu lugar como se tivesse se lembrado de algo importante, saiu da sala depressa murmurando palavras de desculpas, apressou o passo no pequeno corredor que dava para a cozinha e lá viu sua esposa, Hagga Dawlat, parada em silêncio, não fazia nada, como se estivesse a sua espera, como se os longos dez anos de convivência a fizessem prever sua vinda à cozinha agora. Dawlat lhe lançou um olhar compreensivo, seus olhos estavam inchados de tanto chorar e havia hematomas escuros nas bochechas de tanto se bater. Cochichou, esforçando-se em preservar a voz triste e trêmula, e disse:

— Trago-lhe uma tigela de iogurte, Hagg?

Apesar de toda a precaução tomada por ela, sua voz, o jeito de estar de pé, a luz fraca vindo da cozinha, tudo isso deu a Hagg Ahmad a impressão de que estavam de alguma forma conspirando, e então explodiu, bravo:

— Tigela de iogurte o quê? Droga, o quê? Estamos numa festa por acaso?

Dawlat abaixou os olhos, envergonhada, retirou-se calmamente pelo corredor e, quando desapareceu por completo, Hagg Ahmad deu um passo para dentro da cozinha, entrou e fechou a porta com cuidado, e lá, sobre a prateleira de mármore próxima da pia, Hagg Ahmad avistou o prato de favas no tomate do qual só teve chance de comer uma só bocada.

Esperando o líder

— Irmãos! O dia 23 de agosto estará sempre gravado em nossos corações com letras de luz. Nesse dia, há vinte e cinco anos, o líder do Wafd* e da pátria, o paxá Mustafá Nahhâs, nos deixava; sua alma pura se elevava, amaldiçoando os opressores. Naquele dia, irmãos, o tirano Abd-Annasir impediu que nos despedíssemos do nosso líder antes de ele seguir para sua última morada. Contudo, fomos para as ruas, e junto conosco saiu o Egito inteiro para se despedir do devotado filho, e em seguida as prisões de Abd-Annasir foram nos acolhendo, nas quais entramos contentes e tranquilos, porque somos os filhos do magnífico Wafd, sempre fiéis aos compromissos enquanto tivermos um único sopro de vida em nosso corpo.

O sr. Kâmil Zahhâr estava de pé no palco, fazendo sua voz ecoar nos cantos da sala; inflamado, virava a mão fechada no ar,

* Wafd [Delegação] foi um partido liberal nacionalista no Egito, com grande influência nas primeiras décadas do século XX, mas que foi banido, junto com outros partidos, em janeiro de 1953 por Gamal Abd-Annasir, após a revolução de 1952.

atrás dele aparecia o retrato pintado a óleo em tamanho natural do líder Mustafá Nahhâs. A seu lado sentavam-se dois pilares do partido, Muhammad Bei Bassiûni (que Deus lhe prolongue a vida), ex-diretor do escritório de Nahhâs (um senhor de setenta e cinco anos, de saúde frágil e visão fraca, mas com o coração ainda transbordando de amor pelo partido e por seu líder); e à esquerda, em sua túnica interiorana e estatura esguia, estava o xeique Ali Sahab, o bem conhecido deputado wafdista, e conterrâneo de paxá Nahhâs, de Samnud, na província de Gharibiya.

A celebração da memória de Nahhâs aconteceu na sala de estar da casa de Kâmil Zahhâr, em Almunira. A sala estava lotada, alguns foram obrigados a acompanhar a celebração de fora. Eram uma mistura de vizinhos do sr. Kâmil, alguns passantes que, curiosos, subiram para assistir, e a maioria era formada pelos necessitados do bairro: homens e mulheres puxando crianças, roupas puídas e sujas, cujo fedor de suor se misturava ao hálito dos presentes e ao cheiro de cigarro, formando uma pesada atmosfera na sala. Zahhâr terminou seu discurso, sentou-se pingando suor no meio de aplausos e já era a vez de Muhammad Bei Bassiûni, que Deus lhe dê saúde e conforto, que se levantou com a ajuda do Boraî, seu motorista particular, e se aproximou do microfone, passou os olhos pelos presentes um segundo, depois disse:

— Meus irmãos, quero lhes perguntar por que viemos esta noite. Viemos em busca de dinheiro ou de prestígio? Deus nos livre! Reunimo-nos por causa dele, por causa de Mustafá Nahhâs; viemos para reavivar sua memória perfumada. Mustafá Nahhâs, você está vivo! Permanecerá no coração do Egito enquanto existirem o Nilo e as pirâmides. Ó Mustafá, Ó Nahhâs... — Aqui a voz de Bassiûni Bei falhou, abaixou a cabeça e calou-se. Uma lágrima fugidia escapou por trás dos óculos grossos e não tardou até o corpo de velho começar a tremer e se entregar a um choro copioso. A sala mergulhou num silêncio constrangedor, o que fez o entusiasmo de xeique Ali Sahab inflamar-se e ele gritar com sua voz rouca três vezes:

— Não há líder depois de você, Nahhâs! — A multidão repetiu! O sr. Kâmil parecia notar que os presentes já estavam cansados do calor, do aperto e de tanto aplaudir e gritar, por isso levantou até o microfone, agradeceu-lhes e com eles leu a Fátiha pela alma de líder, depois se postou na porta, despedindo-se deles. Os dois pilares wafdistas se retiraram junto com alguns presentes, mas a maioria permaneceu na sala; conheciam, pois, as celebrações de Zahhâr e sabiam como eram organizadas. Agruparam-se perto do palco na frente de uma porta lateral fechada, que logo se abriu e dela saiu uma idosa empregada vestida de preto, que carregava nas mãos uma grande bandeja de sanduíches, pães cortados ao meio e recheados com carne cozida. Bastou a borda da bandeja aparecer pela abertura da porta para que fosse atacada ferozmente pela multidão, o que levou a empregada a jogar a bandeja em sua direção e se retirar, e foi quando uma bestial batalha eclodiu, durante a qual as mãos concorriam para pegar os sanduíches. Os gritos foram se transformando em alaridos e palavrões. De pé no palco, o sr. Kâmil Zahhâr observava a luta, e permaneceu calmo sem dizer palavra até que a batalha terminou, a aglomeração se desfez, cada um saiu carregando seu espólio e a sala ficou vazia. O sr. Kâmil se levantou, fechou a porta e depois se sentou na cadeira mais próxima.

O que foi que chateou o sr. Kâmil? A celebração estava maravilhosa e seu discurso sobre Mustafá Nahhâs foi bem-sucedido, com ele conseguiu refutar todas as acusações plantadas na cabeça das pessoas por Abd-Annasir. Contou-lhes como Nahhâs encarou feito um leão os ingleses e o rei tirano e comprovou com provas esmagadoras que o incidente de 4 de fevereiro devia ser considerado a seu favor não contra ele.* Sua eloquência conven-

* Em 4 de fevereiro de 1942, as tropas britânicas cercaram o palácio real do Cairo, forçando o rei Faruq a aceitar o Wafd, partido liderado por Mustafá Nahhâs.

ceu todos os presentes, inflamando suas mãos e gargantas de tantos aplausos e brados. Tudo correu muito bem, o que o incomodava então? Era verdade que Kâmil Zahhâr era alguém muito sensível, uma só palavrinha podia alegrá-lo ou feri-lo profundamente, e nessa noite a cena das pessoas se digladiando para pegar sanduíches o chocou. Estava ciente de sua pobreza e conhecia muitas delas, mas que a luta pela comida chegasse a esse nível medonho! E quem eram as pessoas? As mesmas que havia pouco o estavam aplaudindo, e ovacionando o Wafd e seu líder durante horas! Esse ponto deixou o sr. Kâmil desconfiado de sua lealdade com os princípios do Wafd. Lembrou-se das palavras de sua mulher Dawlat ao lhe entregar as quinhentas libras egípcias que ele gastaria na celebração. Ela lhe disse, sorrindo com bondade:

— Pegue, Kâmil, que Deus sempre permita que você faça o que costuma fazer, mesmo sabendo que aquela gente só vem para comer às nossas custas; a intenção está na recompensa de Deus!

A resistente e aguda ideia era de que o Wafd morrera, que Abd-Annasir falhou em tudo, mas conseguiu afastar os egípcios de seu passado, fazendo com que gerações crescessem sem saber nem querer saber nada sobre o Wafd e seus líderes. Por acaso, como os próprios filhos do sr. Kâmil Mustafá e Zainab o olham quando ele lhes conta sobre Mustafá Nahhâs? Com um sorriso educado e olhar indiferente e, se não fosse pelo respeito que lhe dedicam, teriam caçoado publicamente dele e de seu líder. Estavam desculpados, pois foi o que aprenderam nas escolas de Abd-Annasir. Para o mundo, o que aconteceu?, sussurrou o sr. Kâmil, enquanto esticava as pernas para afundar na cadeira. Olhou para o quadro na parede, o líder vestia o terno da cerimônia, com o peito adornado com estrelas brilhantes, no ombro a faixa vermelha da corte, do lado a espada prateada e no rosto gentil um sorriso bonito, cheio de nobreza e patriotismo.

O sr. Kâmil fechou os olhos, deixando sua mente recuperar algumas imagens distantes. Viu-se estudante no colégio da Saîdiya, sendo carregado nos ombros em meio a uma grande passeata, ele gritava e os outros estudantes repetiam: "Viva o Egito, livre e independente". A passeata atravessava a avenida da universidade e a ela se juntaram os estudantes de engenharia, e o entusiasmo se incendiava feito insanidade, os gritos enchiam o céu enquanto os ingleses tentavam em vão dispersá-los, abriam fogo, tiros ecoavam, mártires caíam, gritando o nome do Egito. De tarde ele correu até a casa de Nahhâs, no Garden City, onde viu todos os grandes esperando na antessala. Mas a entrada dele, Kâmil Zahhâr, o líder da Saîdiya, que nem vinte anos tinha, foi permitida imediatamente, e o líder o recebeu bem, e quando Zahhâr quis lhe beijar a mão, ele disse:

— Zahhâr, você é meu filho, filho do Wafd, vejo em você a minha juventude!

Quanta felicidade naquele dia! Onde foi parar tudo isso? A vida é estranha. Um dia disse orgulhoso a seus colegas na Saîdiya:

— Serei o primeiro ministro do Egito, estou confiante nisso. — Agora quase ria disso com sarcasmo. Os anos se passaram rápido e ele se aposentou como funcionário da previdência social, como milhares de pessoas comuns. As pessoas se esqueceram dele como se esqueceram de Mustafá Nahhâs. O sr. Kâmil estava triste e cansado mas de repente ficou aliviado, uma indefinida e agradável sensação o envolveu, e logo sua vista foi ofuscada por uma luz forte que brilhou, se aproximou, e ele sentiu uma picada no rosto. O sr. Kâmil se sacudiu e levantou apavorado, e ia deixando a sala, mas, quando bateu o olho no quadro da parede, ficou paralisado. A imagem no quadro se movia. O líder abriu um sorriso, mexeu o braço direito e depois saiu do quadro. Ele! O líder Mustafá Nahhâs, com o traje cerimonial adornado com estrelas, e com o *tarbuche* na cabeça, estava de pé diante dele, sorrindo. Zahhâr correu até ele, beijando sua mão e o abraçando, e gritou:

— Meu senhor, onde esteve?

— Estava morto, Zahhâr, mas pedi a Deus que me ressuscitasse e fui atendido.

Zahhâr fixou surpreso o olhar no líder.

— Vejo que você está surpreso com a minha volta, Zahhâr! "*Disse: 'Quem poderá recompor os ossos quando já estiverem decompostos?'. Dizei: 'Quem os criou da primeira vez'.*"

— O Todo-poderoso disse a verdade — foi o que murmurou Zahhâr, depois continuou com voz trêmula: — Ó, Excelência, saiba que o Egito, a quem você deu a vida, o Egito passa por uma crise.

O líder balançou a cabeça e murmurou, lamentando:

— Eu sei, Zahhâr, na outra vida, eu acompanhava os eventos diariamente.

— O que fazer, senhor? Como tirar o Egito de seu descaminho?

— A mensagem do Wafd não muda, Zahhâr! A Constituição e a democracia.

— Mas, líder do vale, as pessoas mudaram. Ninguém mais se preocupa com a Constituição, mas apenas com o estômago.

— Estão desculpados, Zahhâr, a carestia, a pobreza e a vida são difíceis, mas só se alcança o conforto com a democracia.

— Ninguém entende isso, senhor, ninguém mais se lembra do Wafd e do Nahhâs.

O sorriso do líder se desmanchou, o olhar se perdeu, depois disse com gravidade:

— Não se desespere, Zahhâr, o Egito não morrerá, pois é a aljava de Deus na Terra. Uma nova geração surgirá e reconhecerá o valor do Wafd. Escute, temos pela frente uma luta longa e exaustiva; você ainda é fiel ao compromisso, Kâmil?

— Minha vida é pelo Wafd e seu líder! — Foi assim que o sr. Kâmil exclamou com paixão.

— Excelente! Começaremos então imediatamente. Eu lhe darei um único dia para reagrupar os companheiros. Esperem-me na segunda-feira, às oito da manhã, e até logo!

— Onde, líder?

O rosto do líder começou a ficar pálido, seu olhar mudou como se olhasse em algo distante no horizonte; disse com uma voz cansada, enquanto voltava para trás em direção da parede:

— Devo subir agora, porque tenho um compromisso no céu. Desejo-lhe sorte.

Zahhâr correu atrás dele, perguntando com urgência:

— Onde esperaremos pelo senhor?

— Em frente à Casa da Nação.

Foi isso que o líder disse com dificuldade enquanto se grudava totalmente na parede. Zahhâr estendeu a mão para tocá-lo mas sentiu uma repentina tontura e, quando voltou a si, a imagem de Mustafá Nahhâs havia voltado à posição original.

A rotina matinal de Muhammad Bei Bassiûni nunca mudava. Acordava cedo, lavava-se, trocava o pijama, se sentava em *robe de chambre* no jardim de seu palacete no Maâdi. Boraî, seu motorista, já teria trazido os jornais, que ele então lia no jardim usando uma lupa enquanto tomava um copo de leite quente. Nos últimos anos, Bassiûni Bei tivera muitos problemas de saúde que afetaram sua concentração, por isso, quando naquela manhã foi surpreendido pela presença de Kâmil Zahhâr parado na sua frente, ficou um tanto confuso, mas depois lhe deu as boas-vindas. Logo que o sr. Kâmil sentou e começou a contar que o líder Mustafá Nahhâs o visitara na noite anterior, Bassiûni olhou fixamente nele por trás dos óculos e disse:

— Quem você disse que o visitou ontem, Kâmil Bei?

— O paxá Nahhâs! Saiu do quadro na sala.

— Ah! — murmurou Bassiûni Bei e seguiu dando ouvidos a Zahhâr enquanto isso sorria cordialmente, porém indiferente; Kâmil não tardou a repreendê-lo depois de lançar-lhe um olhar crítico.

— Você não acredita em mim, Bassiûni Bei!

— Perdão, Kâmil Bei, é claro que acredito — Bassiûni disse, sem que o sorriso o abandonasse.

"Este velho não acredita em mim e caçoa de mim", foi isso que pensou Zahhâr, furioso, enquanto saía pela porta da casa, e já sentado no táxi, pensou: "Eu não estou louco, nunca estive tão lúcido na minha vida, eu toquei Mustafá Nahhâs com minha mão e falei com ele. Esta é uma verdade verdadeira e amanhã o paxá Nahhâs virá até mim e vou acompanhá-lo a todos os lugares, iremos juntos aos jornais e à Câmara do Povo, e depois vamos solicitar uma audiência com o próprio presidente da República, seremos, o líder e eu, manchetes dos jornais de terça-feira, e depois veremos que Muhammad Bassiûni irá dizer!"

O táxi parou na frente da casa do xeique Ali Sahab na rua Murad. O xeique tinha acabado de fazer suas orações matinais, sentou-se, saudando o amigo Kâmil Zahhâr, que se apressou a lhe contar em detalhes o que ocorrera. Houve um instante de silêncio, depois o xeique murmurou com voz rouca:

— É uma história mais estranha que a imaginação.

Aqui o Zahhâr gritou:

— Escute, xeique Ali, se não estiver acreditando, diga-me que vou embora.

O xeique respondeu acalmando-o:

— É claro, Kâmil, que acredito, você é companheiro toda uma vida. As almas existem: "*E perguntam-te eles pela alma. Dize: 'A alma é da Ordem do meu Senhor*", Deus falou a verdade; mas você tem certeza de que era o paxá Nahhâs?

O sr. Kâmil se levantou para dar um basta no assunto:

— Eu vi o paxá Nahhâs como o vejo agora, e falei com ele. Escute, amanhã estou indo ao encontro de Sua Excelência, o paxá, você vem comigo ou não?

No rosto do xeique, via-se que pensava profundamente, mas logo se levantou, esticou a mão, cumprimentou Zahhâr e disse com voz um tanto titubeante:

— Vou com você, com a permissão de Deus.

Será que o sr. Kâmil conseguiria dormir naquela noite? Deitou-se ao lado da mulher no escuro, fumava e pensava no dia seguinte. Naturalmente seria uma surpresa para todos! E depois? Organizaria magníficas campanhas com o líder, marchariam por todo o Egito, cada egípcio desejaria ver o líder e ouvi-lo nas cidades, nas aldeias e nos sítios afastados, e na primeira eleição o Wafd, como sempre, ganharia e Mustafá Nahhâs formaria um governo wafdista, no qual Zahhâr seria ministro. Escolheria o ministério da Fazenda ou da Economia, pois disso ele entende, o do Exterior era delicado e perigoso, e o do Interior não era nada adequado a ele. Dawlat acordou, acendeu a luz e o olhou com preocupação.

— Por que não dormiu, Kâmil?

— Não é nada, não.

Se a companheira de sua vida soubesse o que guardava o amanhã! *Cara Dawlat, em menos de um ano será mulher de ministro. Você não aguentou Kâmil Zahhâr, o funcionário da previdência, durante um quarto de século sem desabafar nem reclamar? Colha agora, ó nobre, o fruto de sua longa paciência. Fará a peregrinação para a casa de Deus como deseja e depois, no verão, vamos à Europa, eu, você, Mustafá e Zeinab, meus queridos.* Zahhâr se aproximou da sua mulher, tascou um beijo na sua testa e disse carinhosamente "Boa noite" e fingiu dormir. Quando eram sete horas da manhã, pulou da cama e, quinze minutos depois, andava rápido na rua vazia em direção à Casa da Nação. Tinha que estar lá antes que o líder chegasse. Ele podia esperar pelo líder, mas o contrário não convinha.

A Casa da Nação estava fechada e na porta uma placa de cobre: "Museu da Casa da Nação. Horário de visitas: das dez *às* quinze horas, exceto *às* sextas-feiras". A construção antiga estava coberta por uma camada densa de pó, o jardim, abandonado. Zahhâr ficou triste e prometeu a si mesmo que reformar a Casa da Nação seria sua primeira missão ministerial. Faltavam quinze minutos para as oito horas e o xeique Ali Sahab havia chegado naquele minuto, cumprimentou-o e ficou de pé ao seu lado na calçada. Na ponta da rua apareceu um Cadillac preto vindo devagar, aproximou-se e estacionou na frente dos dois amigos, e dele desceu Muhammad Bei Bassiûni. Quando Zahhâr correu até ele para cumprimentá-lo, Bassiûni se adiantou, dizendo emocionado:

— Nahhâs virá, Kâmil, Nahhâs nunca falta a um compromisso.

Oito horas em ponto, a rua congestionada com carros e transeuntes. Na calçada oposta, pessoas se aglomeravam ao redor de um carro de fava. Levas de funcionários dos ministérios próximos se apressavam para chegar ao trabalho na hora, e em frente à Casa da Nação ainda estavam os três: o sr. Kâmil Zahhâr, o xeique Ali Sahab e Muhammad Bei Bassiûni olhando ansiosos para a ponta da rua por onde, em segundos, chegaria o respeitável líder, Sua Excelência, paxá Mustafá Nahhâs.

Um olhar para o rosto de Naji

Minha escola. O antigo edifício com suas janelas, varandas redondas e pilares enormes parecia, no meio da neblina da manhã, um castelo abandonado. O portão de madeira se abre devagar e o amplo pátio aparece com suas muitas árvores nuas; suas folhas amarelas secas espalhadas pelo chão do pátio faziam um ruído baixinho enquanto trituravam sob nossos pés quando nela pisávamos durante nossas brincadeiras. Estávamos sentados na sala de aula com nossos uniformes azuis com o emblema da antiga escola, escutando nosso professor, o *frère*. Lembro-me do rosto velho, da calvície, dos óculos, dos olhos azuis, da bota militar gasta, da larga túnica de monge branca, e no peito a imagem de uma briosa cruz, e na mão a vara! Ah, sua longa e fina vara: cortante feito lâmina, rápida como tiro. O *frère* andava entre nós lendo o livro, voz monótona, se repetindo sem parar. O ar na sala era parado, o sono me acariciava, pela janela ao lado olhava os carros, os transeuntes e o tio Kâmil, o vendedor de tâmaras, as cenas me entretinham até sentir a cutucada da vara nas minhas costas e a voz do *frère* me surpreendendo:

— Continue a leitura.

Eu morria. Olhava tremendo o livro, mas as linhazinhas se confundiam diante dos meus olhos.

— Abra a mão.

O *frère* diante de mim e a vara suspensa no ar. Não havia escapatória, eu entregava a mão, ele a pegava e logo vinha a vara. Eu gritava, chorava, suplicava para que perdoasse, mas ele seguia batendo e batendo depois me deixava desabar sobre a carteira, olhava com lágrimas nos olhos os alunos ao meu redor, eu os observava, mas eles fingiam ler e acompanhar a explicação. Ignoravam-me e, se lhes perguntasse agora, todos responderiam, fingindo inocência: "O que aconteceu para você? Não vimos nada nem sabemos de nada". Depois disso, quando o *frère* fazia uma pergunta, pulavam das carteiras levantando os dedos, como se seu entusiasmo para responder anulasse qualquer ligação comigo, como se dissessem para o *frère*: "Foi ele que desobedeceu sozinho, mas nós somos seus alunos sempre fiéis".

Minha palma doía, meu choro aumentava, mas o *frère* nem olhava, prosseguia a leitura como se nada tivesse acontecido, apertava um pouco os lábios como quem alertasse: "Vejam, este é o castigo de quem me desobedece!". Quem tinha coragem? Obedecemos ao senhor, nosso mestre, nos faça de exemplo, e com tempo e pela obediência, nos tornaremos parte do senhor, como seu dedo, nos dobra e nos estica, faça de nós o que bem entender. Às vezes, o *frère* ficava contente, sorria, nos chamava brincando com nomes de animais, rapidamente entendíamos o sinal: ríamos alto, gritávamos a toda voz, batíamos os pés no chão como se todos ao mesmo tempo deixássemos escapar tudo que guardamos por longo tempo por baixo de nossos rostos calmos e educados. Depois o desfecho chegava como a abertura, com um sinal, uma breve tosse do *frère*, ou um olhar repentino que nos paralisava em nossos lugares. Encolhíamo-nos sem voz, sem respiração, cientes de que a menor sugestão de indisciplina agora seria a morte certa. Imaginá-lo nos apavorava tanto quanto um monstro lendário na escuridão.

Depois, Nagi chegou. Parou naquela manhã na porta da sala, nos olhava com seus espantados olhos castanhos. Ficamos pasmos, como era bonito! Rosto branco, pálido, cabelo castanho liso, roupa limpa e bem passada, o couro da mala era bom, lustrado, sem furos nem remendos, diferente das nossas. Até mesmo seu lanche era composto de sanduíches finos e brancos como ele, fatias de pão de fôrma branco com manteiga que ele carregava num elegante saco transparente, como o que envolvia os doces que costumávamos comer nos aniversários. O *frère* disse:

— Nagi é o novo colega de vocês. — Depois olhou para lhe achar um lugar, e o lugar ao meu lado estava vago e desejei... bastava desejar com força para o desejo realizar-se? Lá estava o *frère* apontando para onde eu sentava. Nagi se aproximou, murmurou uma saudação, sentou-se e eu senti o perfume suave que sua roupa exalava. Passei o dia inteiro observando-o, cheirando-o, até que o sinal tocou; conversamos. Contou-me que sua mãe era francesa e seu pai, egípcio e contei-lhe de mim, esperei com ele na porta da escola até que chegou o luxuoso carro, do qual saltou um motorista que apanhou a mala, ansioso lhe perguntei, enquanto se despedia:

— Somos amigos, Nagi? — Fez que sim com a cabeça e ele subiu no carro. Em casa, eu puxava o vestido da mãe na cozinha, a ponto de derrubar a comida quente sobre ela, queria que ela prestasse atenção enquanto lhe contava sobre o Nagi. Depois me peguei imitando sua fisionomia, fazendo caretas na frente do espelho, querendo tanto ver duas covinhas iguais às que apareciam no rosto do Nagi quando ele ria.

Não demorou para Nagi ocupar seu lugar na classe, era o mais bonito, o mais inteligente. Um brilho rápido em seus olhos significava uma hora inteira de explicação do *frère*, e nós ficávamos atrás deles, ofegantes, tropeçando até que no final olhássemos na lousa, fazíamos um sinal com a cabeça como se tivéssemos entendido. Até nossa pronúncia em francês era feia perto da pronúncia fácil e delicada do Nagi. Seu francês era igual ao do *frère*, se não melhor. Depois fomos descobrindo que Nagi não ficava com medo como nós, seu rosto não descorava como o nosso, sua voz não vacilava nem seus olhos se refugiavam no teto nem no chão. Ele ficava de pé diante do *frère*, respondia com clareza e segurança que só faziam aumentar; enquanto nós esperávamos o acidente, como se Nagi fosse um carro subindo a serra a toda a velocidade, mas atrás do cume tivesse o sopé. Fechávamos então os olhos aguardando o barulho terrível da batida, que não acontecia. Ao contrário, o *frère* agradava o Nagi, era paciente com ele, ficávamos felizes, mas não nos perguntávamos: "Por que o *frère* escolheu Nagi entre todos para gostar?".

Não perguntávamos porque gostávamos de Nagi, e aquele de quem gostamos se torna um de nós, como se fosse um de nós quem ficava de cabeça erguida diante do *frère*. Éramos todos Nagi. Não tínhamos medo, nem éramos açoitados, mesmo que fôssemos açoitados diariamente. No intervalo, nos aglomerávamos em torno dele, pedindo que jogasse conosco, competíamos para lhe explicar as regras do jogo. Feliz de quem conseguia fazê-lo rir. Nagi estava feliz e nós estávamos felizes com ele até aquele dia. O *frère* estava recolhendo os cadernos do dever como de costume, Nagi levantou na sua frente e lhe disse com voz firme:

— Sinto muito, eu esqueci o caderno. — O coração do *frère* tremeu, apertou os lábios como se tivesse tomado uma decisão, e disse:

— Abra a mão.

Nagi não abriu a mão, nem sequer se mexeu. A voz do *frère* ecoava, medonha:

— Abra a mão! — Nagi permanecia imutável feito rocha, paramos atrás dele apoiando-o com nossas mãozinhas, mas o *frère* rugia, levantou a mão e golpeou o rosto de Nagi, todos gritamos sem voz, tudo parecia imaginação, porque Nagi com o rosto ficando vermelho, gritou:

— É proibido bater! — A voz do *frère* trovejava:

— Saia, animal, eu o educarei! — Pequenos passos um tanto trêmulos seguidos por grandes passos firmes impiedosos. Logo que a classe ficou só para nós, enlouquecemos! Pulávamos, corríamos e gritávamos "É proibiiiiiido bater", cem vezes como se para fazer o *frère* escutar.

Imagens lotavam nossas mentes, todas terminavam com o *frère* caído no chão com o rosto ferido jorrando sangue, e do lado, Nagi parado, de peito estufado, orgulhoso com as mãos na cintura como o herói virtuoso nos filmes de aventura.

O *frère* voltou sozinho, tentou recolher os cadernos de novo, mas em vão, não tinha como ignorar o que acontecera e algo havia mudado. Outro aluno que também esquecera o caderno levantou, mas o *frère* não bateu nele; gesticulou bravo, desviando o rosto, e seguiu adiante, como se não conseguisse bater nele, como se estivesse entediado. Lá estava o senhor, mestre, mentindo para nós, já fora derrotado e nós o víamos com nossos novos olhos, alguém comum, e se lhe tirássemos a vestimenta do monge, se tornaria um dos transeuntes.

O dia terminou e a preocupação com Nagi nos consumia. De noite, contamos em casa o que acontecera, as mães não entenderam bem e os pais se incomodaram com a ideia do desacato e nos aconselharam a ter cuidado. De manhã Nagi voltou, ficou conosco na fila, agrupamo-nos em torno dele com mil perguntas, mas não respondeu, sorriu e continuou calado. Seu rosto não estava congestionado nem sofrido, mas não era igual ao rosto de ontem. Começou a aula, Nagi se sentou, o *frère* explicou como sempre e pouco tempo depois, como se fosse combinado, o *frère* chamou Nagi e ambos ficaram de pé olhando em nossa direção. O *frère* disse com um tom ameaçador:

— Vou ao gabinete do diretor por um instante e Nagi tomará conta de vocês. Cada um que tiver o nome anotado por Nagi receberá de mim dez chibatadas.

Nagi ficou tomando conta de nós. Pôs as mãos entrelaçadas nas costas, abriu os olhos e observou lentamente cada um de nós, à procura de um deslize. Todos os alunos adotaram a cautela, cruzaram os braços, abaixaram a cabeça e liam, lançavam olhadelas laterais cuidadosas. Diz-se que "na mudança, todo cuidado é pouco", mas eu não fui cuidadoso. Por que temer Nagi se era meu amigo? Me vi gritando de repente:

— Nagi... — chamei-o como se tentasse mantê-lo comigo, apegar-me a ele, mas ele me empurrou com força para longe, depois virou para a lousa e escreveu meu nome. O *frère* voltou e me deu dez chibatadas na frente de toda a classe.

Cá estou eu, com as lágrimas cobrindo o rosto, minha mão dilacerada pela dor. Olho para Nagi, parado ao lado do *frère*. Fico olhando para ele, talvez se nossos olhares se encontrassem, ele abaixaria a cabeça envergonhado, uma vez, quem sabe...

Por quê, Sayyid? (Uma pergunta)

Por quê, meu caro e bom Sayyid Abd Attawwab? Não era a primeira vez e não era inesperado o que aconteceu. Além do mais, o moço era educado e gentil e foi você quem o seguiu. Quando o viu pulando do ônibus na frente do museu com a câmera pendurada no ombro, gostou de sua serenidade, não procurava chamar a atenção como os outros. Foi você, Sayyid, quem dele se aproximou, cumprimentou-o e foi se apresentando como um rapaz egípcio que desejava conhecê-lo. Naquele momento seus olhos azuis brilharam surpresos. Depois abriu um sorriso receptivo, porém um pouco alarmado, mas você cuidou para desfazer rapidamente qualquer receio, com sua conversa afetuosa e franca. Não estava feliz com ele no restaurante, Sayyid Abd Attawwab? Rolou entre vocês uma longa e agradável conversa e depois ele o convidou para um par de bebidas após o jantar, como um amigo antigo que lhe abria o coração. Você ficou sabendo que ele era funcionário de um hospital em Boston e você lhe contou de sua formação em comércio, e quando fez as contas de quanto ganhava em dólares, a princípio ele não acreditou, mas quando confirmou, ele riu longamente a ponto de você não aguentar e rir com ele.

Se o motivo foi o que o ascensorista do hotel disse, afinal ele é um mero empregado, e desde quando, Sayyid, você se preocupa com o que pensam de você os empregados? De qualquer forma, o que aconteceu no quarto? O jovem lhe contou de seu apego à mãe e lhe mostrou sua fotografia e, quando lhe disse que era parecida com sua tia, ele, rindo, disse a você que deviam ser realmente parentes. Ele estava um pouco embriagado, mas a bebida só lhe conferiu mais gentileza. E quando, Sayyid, você pediu, por acaso ele vacilou? Não se apressou a enfiar os cem dólares no seu bolso? E depois (você, Sayyid, deve saber mais do que eu!) foi grosso, insensível, ou permaneceu delicado até o final? Você agora tem seu endereço em Boston, quem sabe um dia pode ir visitá-lo. Cá está você tomando o café da manhã no Meridien, come e bebe como um sultão e basta assinar a conta dando o número do quarto 511. Em meia hora os bancos abrem e você pode ir ao mais próximo, qualquer banco troca os cem dólares rapidamente, qual é o problema então? Por que chora assim, sem motivo, Sayyid, feito criança?

Aula de recreação

Quando estávamos no quinto ano do ensino fundamental, nós, os alunos, esperávamos com impaciência pela aula de recreação, na manhã de terça. Trocávamos o uniforme escolar pelo uniforme esportivo: calção e camisa regata brancos e tênis. A srta. Soad, a instrutora de ginástica, nos juntava no pátio, onde formávamos três filas paralelas, e durante quinze minutos fazíamos exercícios e depois jogávamos futebol até o final da aula.

Nosso colega Muhammad Dawâkhili não participava conosco dos jogos porque era obeso. Com seu enorme corpo, barriga caída e bunda grande, era impossível vestir calção como a gente, deitar no chão e levantar as pernas como fazíamos durante os exercícios. Não podia sequer jogar bola conosco, ele que jorrava suor e ficava ofegante com o menor esforço. Daí, um acordo silencioso fora feito, pelo qual a instrutora Soad ignorava totalmente o Dawâkhili, e por isso ele passava a aula de recreação sentado nos degraus da escada que levava às salas de aula. Sentava-se lá com o uniforme da escola, a jaqueta azul-marinho e a calça comprida cinza, e nos observava calado. Enquanto isso, logo que a srta. Soad jogava para nós a bola inflável, quadriculada de preto e branco, gritávamos numa voz só “Eeeeeeeeeei”, pegávamos a bola imediatamente e uma violenta discussão se instalava até que chegássemos a uma divisão adequada em dois times. O gol era comum, dividido em dois blocos de tijolos vermelhos, e quando começávamos a jogar, esquecíamo-nos do mundo, a bola corria, driblávamos, marcávamos gols e imitávamos os grandes jogadores que víamos pela televisão. Quando alguém fazia um gol, os colegas corriam ao seu encontro para cumprimentá-lo e beijá-lo e ele se ajoelhava agradecendo a Deus pelo gol feito, ou corria levantando as mãos em direção às árvores nas margens do pátio, imaginando-as arquibancadas abarrotadas de multidões de torcedores.

Naquela hora esquecíamos totalmente o Dawâkhili, lembrávamo-nos dele apenas quando havia discussão por causa de alguma jogada, e olhávamos para ele, lá no seu assento distante, e gritávamos entusiasmados:

— Foi gol, Dawâkhili?

Dawâkhili então ficava de pé, seu rosto gordo tomava ar de seriedade, corria até nós com o braço indicando o local da jogada, e ofegante dizia com firmeza:

— A bola veio daqui, é cem por cento gol. — Assim jogava sua afirmação incisiva e voltava a seu posto nos degraus da escada após ter cumprido sua missão; sentava-se e voltava a observar o jogo.

Agora, quando me lembro de tudo isso, percebo o quanto Dawâkhili queria jogar conosco, como desejava ter tido, no lugar do corpo enorme e grotesco, um corpo comum e pequeno como o nosso. Mas éramos crianças, não compreendíamos. Víamos nele um ser enorme, engraçado, que incitava o riso e a diversão, tal como os elefantes e os ursos que buscamos ver nos circos. Tirar sarro do Dawâkhili era uma tentação irresistível, nós o chamávamos de gordo a ponto de alguns alunos se tornarem especialistas em incomodá-lo. Um deles, por exemplo, nos últimos minutos antes do término de uma aula e o começo de outra, saía da carteira com uma expressão malvada, dirigia-se até onde Dawâkhili sentava e o agredia sem motivo, nem sequer uma palavra, batia com força no seu traseiro, pegava um caderno ou caneta dele ou — e isso era o mínimo — ficava de frente para ele a uma distância segura e começava a zombar do garoto em voz alta, dizendo palavras como:

— Dawâkhili, seu elefante, como você ficou assim tão gordo? O que você come na sua casa, seu jumento, seu leitão? — Continuava assim até que todos os alunos caíssem na risada.

O Dawâkhili se submetia a tais ofensas, ciente de sua incapacidade de alcançar o agressor caso fosse correr atrás dele. Sabia por experiência que reagir ao ataque podia aumentar sua eficácia, por isso ficava sentado, calado, com seu corpo apertado na carteira, fingindo não ouvir, e no rosto, às vezes, um leve sorriso amarelo submisso, como se implorasse ao agressor para parar. Quando alguém lhe dava um tapa e corria, o Dawâkhili olhava para nós, que ríamos, ainda com o rosto vermelho do impacto do golpe, suspirava, balançava a cabeça, como que espantado pelo ocorrido e nos perguntava:

— Esse garoto é maluco?

Apesar disso, o Dawâkhili continuava fazendo tudo para nos agradar. Ele nos emprestava qualquer coisa de bom grado, assim que pedíamos. Ele nos dava sanduíche, caderno ou até mesmo a caneta quando alguém esquecia no dia da prova. Ele ligava para qualquer aluno que faltasse para lhe ditar o que perdera na aula. Quando encontrava com alguém no intervalo, se adiantava tocando no assunto do interesse do interlocutor, como se para desviar a atenção de sua pessoa. Falava do aumento dos preços, da dificuldade com a matéria de geografia, ou o puxava pela mão e o levava a um canto, sussurrava como quem contasse um segredo grave, dizendo que "fiquei sabendo que o professor de árabe dará amanhã uma prova surpresa, prepare-se". Depois dava tapinhas no ombro com amabilidade e se retirava.

O Dawâkhili fazia tudo isso para que gostássemos dele ou para que nos encabulasse com sua gentileza e assim parássemos de incomodá-lo, contudo todas as suas tentativas foram em vão. Escutávamos suas notícias excitantes, aceitávamos e agradecíamos sua ajuda, no entanto sua conversa conosco sempre era tensa, arriscada, até que perdia o equilíbrio numa beirada crítica, virava então de repente e voltávamos à chacota e ao achincalhe.

A srta. Soad sumiu, ficamos sabendo que foi transferida para outra escola. O substituto, sr. Hamid, chegou: estatura alta, olhos grandes e fortes, rosto sombrio e uma vara de bambu que não largava, comprida, com a extremidade pontuda que nos pungia de dor, inflamando nossas costas ou mãos quando relaxávamos um pouco nos exercícios. O novo instrutor era duro, e logo que bateu os olhos no Dawâkhili, sentado nos degraus ainda com o uniforme, chamou-o e perguntou-lhe a respeito do uniforme de ginástica e por que não o usava. O Dawâkhili abaixou a cabeça e não respondeu, o instrutor o avisou das consequências se não trouxesse o uniforme na próxima aula.

No intervalo, nos juntamos ao Dawâkhili e lhe perguntamos o que iria fazer e ele deixou bem claro que nunca usaria o uniforme do jogo. Afirmou que os alunos que têm a mesma "condição" dele eram proibidos de usar uniforme de jogo, todo mundo sabia disso!

Apesar da afirmação do Dawâkhili, havia algo em sua voz e olhos que nos fez sentir que estava numa saia justa e que não sabia o que fazer. Na aula seguinte, formamos as filas para os exercícios, olhamos para a escadaria, não vimos o Dawâkhili, não estava lá como de costume. Vasculhamos o pátio inteiro com o olhar até que o achamos. Estava lá escondido atrás de uma árvore grande ao lado da cantina, dera um jeito de esconder o corpo atrás do tronco, deixando a cabeça para fora a fim de tomar pé da situação. Mais parecia uma ema confusa tentando em vão se esconder. O instrutor o avistou e o chamou. O Dawâkhili veio apressado a seu encontro e o instrutor lhe perguntou rapidamente, em tom de ameaça:

— Trouxe o uniforme de ginástica, não?

O Dawâkhili permaneceu calado por um instante, depois, para nossa surpresa, disse que sim.

— Suba, troque de roupa e volte!— ordenou o instrutor.

Um bochicho correu entre os alunos. Seria o escândalo da estação! O Dawâkhili em uniforme de ginástica fazendo exercícios? Riríamos dele até morrer e o cobriríamos de chacota e de zombaria! Uma enorme curiosidade tomou conta da gente e um forte desejo maldoso nos dominou, igual ao dos espectadores de luta livre. Queríamos machucar, magoar e xingar! Nossos olhares se penduraram na escada, onde, em segundos, ele iria aparecer. Ficamos inquietos de tanta ansiedade, qual pequenas bestas à espreita da caça. Não esperamos muito, e lá estava o Dawâkhili descendo a escada, e sua aparência estava mais hilária do que imaginávamos. A camiseta demarcava seus seios que pareciam de mulher, sua barriga grande dependurada sacudia, suas coxas gordas pareciam brancas demais e o calção tratou de dividir sua enorme bunda em duas bandas vizinhas iguais, uma subia, enquanto outra descia conforme andava.

Uma demorada tempestade de risos. Até o instrutor Hamid conseguiu um largo sorriso. Batíamos palmas e gritávamos "Dawâkhili!!!". O Dawâkhili precisava atravessar o pátio para nos alcançar, mas não tivemos paciência de esperar, corremos até ele, nos juntamos ao seu redor, batíamos palmas e gritávamos. O Dawâkhili parecia agora esquisito, começou a rir e a fingir que não se aguentava da tanto rir, depois passou a rebolar, dando ênfase ao movimento de sua bunda, e batia na sua barriga, como se tivesse decidido a se mostrar extremamente engraçado, como manobra, talvez, de escapar à situação, como quem dissesse: "Viram? Sou muito engraçado, a ponto de rir de mim mesmo, o que mais querem?".

De certa forma, esse seu jeito nos irritou. A risada artificial do Dawâkhili estava diluindo a força de nossa zombaria, pois nossa alegria só se completava com sua dor e raiva. Nosso desejo malvado nos impelia para o fim, como se fôssemos possuídos por demônios; nem sequer demos atenção ao grito do instrutor nos chamando para voltar. Chegamos mais perto do Dawâkhili e insistimos sem parar nas agressões: vários pularam, o golpearam e correram. Não mais ríamos de sua aparência, mas apenas para feri-lo, para quebrar aquela casca indiferente com a qual consolava sua tristeza. O Dawâkhili não se entregou. Continuou a fingir o riso, exagerava no rebolado, mas nós intensificamos o ataque mais e mais, um disse algo sobre seus seios e sobre amamentar bebês, explodimos em risadas. Só então o Dawâkhili parou, jogou seus braços com força para nos bater, mas nenhum golpe foi certeiro. Olhou-nos fixamente, abriu a boca para dizer algo, seus lábios tremeram, ele explodiu em lágrimas.

Cães bóxer, de todas as cores

"Fawwaz Hassanein", assim ele diria baixinho, apresentando-se. Se você o visse, iria gostar dele, porque Fawwaz Hassanein é um homem gentil. É também um tanto dândi, o que atesta isso é seu cabelo penteado com vaselina dividido como fazia o ator Anwar Wagdi; isso sem mencionar o cinto largo de couro que cerca sua enorme barriga e a fivela metálica, na qual está escrito LOVE, e finalmente os sapatos brilhantes de bico fino e as solas plataforma que eram as preferidas de Fawwaz. Tudo isso foi moda há vinte anos, quando Fawwaz era jovem, mas ele continua fiel àquela moda. Às vezes, ele mesmo se dá conta da própria elegância, e enquanto fala com você fica admirando a própria fivela ou olhando o bico do sapato com satisfação. Fawwaz Hassanein é um homem educadíssimo, a ponto de deixar a pessoa encabulada. Quase que se derrete de tanta educação. Logo que avista alguém, vem correndo em sua direção para cumprimentá-lo, prostra-se diante da pessoa com a coluna arqueada, como se desejasse que seu corpo diminuísse em respeito a sua honorável presença. Fala baixinho, baixa o olhar, arredonda os grossos lábios, afinando-os como se fossem o bico de um pequeno e inocente passarinho. Então, que motivo alguém teria para não gostar de Fawwaz? Apesar de toda a educação e afabilidade, os moradores do bairro Açúcar e Limão, onde Fawwaz costumava frequentar o café na entrada do bairro, conhecem a resposta. Esses viram Fawwaz brigar com canivetes e cadeiras; naquelas ocasiões, Fawwaz esticava os lábios, se preparando, fincava um olhar chispante no oponente e depois iniciava a luta com uma torrente de insultos que geralmente atingiam a vida privada da mãe do oponente. Aqueles moradores nunca esquecerão o dia em que Fawwaz brigou com o primeiro-sargento Abdulghani, após uma partida de baralho jogada a dinheiro. Naquele dia, Fawwaz reuniu todos os garotos do bairro e se postou com eles embaixo da casa do Abdulghani, na linha do trem, e começou a cantar com voz forte e rachada fazendo as crianças repetirem atrás dele: "Ó mulher do soldado; sua gorda, sua tonta; come cebola, caga melado". Este é o Fawwaz Hassanein conhecido pela gente do bairro, mas eles não sabiam tudo. Ninguém, por exemplo, sabia em que Fawwaz trabalhava. Ora aparecia com dinheiro, outras, sem um tostão.

Naquela manhã, Fawwaz estava sentado no café como de costume tomando chá com leite e fumando narguilé, quando passou por ele um moleque carregando um cachorrinho no ombro, o menino estava descalço vestindo uma túnica velha e rasgada, mas o cachorro tinha o pelo preto e liso, era bonito e em torno do pescoço exibia uma fita vermelha com um arco.

— Menino, venha cá! — Fawwaz gritou, enquanto na sua cabeça uma ideia já brilhava! O menino aproximou-se olhando com medo para Fawwaz.

— Onde arrumou este cachorro? — perguntou com uma voz assustadora.

— No Maâdi.

— Não, você deve ter roubado! Vou lhe dar uma surra! — Fawwaz disse isso antes de enfiar a mão na cara do menino, com um tapa violento que o fez largar o cachorro e dar no pé!

Fawwaz pegou o cachorro e levantou-o entre as mãos; era esquisito, tinha a barriga plana e as patas curtas, com a cara puxada. Trouxe para ele, lá do vendedor de espetinhos, um osso para morder, e sentou para fumar e pensar no que faria com aquele cão!

Era um cão do Maâdi e com certeza era caro, certa vez ouviu que um cão bóxer chegava a custar cem libras egípcias. Após muito pensar e refletir, Fawwaz encontrou a solução. Dois dias depois foi publicado um anúncio no jornal *Alahram*, que dizia: "Vendem-se cães bóxer, disponíveis em todas as cores", com o número do telefone do café ao lado. Desde a manhã Fawwaz ficou sentado ao lado do telefone do café atendendo as chamadas dos clientes, dando-lhes seu endereço em Açúcar e Limão. Pouco antes do meio-dia, apareceu o primeiro "comprador". Um grande Mercedes preto entrou no bairro, e dele saltou um homem grisalho, altivo, em torno dos sessenta anos, vestindo um casaco de lã preta. Seu rosto era rosado como dos ingleses, o que fez Fawwaz de início pensar que era um estrangeiro. Fawwaz correu até ele e o recebeu com exagerada cortesia, deu-lhe um lugar para se sentar, pediu chá com leite mas não o convidou para um trago da narguilé, depois se virou para ele, sorriu, abaixou uma pouco as pálpebras e arredondou os lábios:

— Às ordens, senhor, em que posso ajudá-lo?

— Na verdade, eu vim até sua senhoria por causa do cão.

Fawwaz ficou contente com o "sua senhoria", levantou-se imediatamente e instantes depois voltou de onde havia amarrado o cão, perto da cafeteira, com ele nos ombros. O bei recebeu o cão com os olhos antes de abraçá-lo e começar a acariciá-lo e examiná-lo com mão de perito. Enquanto isso acontecia, Fawwaz não parava de falar um segundo sequer:

— Este cão, senhor, é o último que restou. Já vendi três e este é o quarto. É claro que sua excelência sabe que o bóxer atualmente é raro, muita gente quer, mas não acha.

Num súbito movimento, Fawwaz estendeu a mão, pegou na mão do freguês e disse:

— Juro triplamente por Deus magnífico, meu caro amigo, meu coração me diz que este bóxer deve ser seu, o que me diz?

— Obrigado, mas este cão não é bóxer — o bei disse sorrindo.

— O quê? — gritou Fawwaz, como que contestando, e começou a olhar ao redor à procura de quem pudesse fazer justiça mediante essa falsa acusação!

— O que é isso, senhor? Isso não se diz! Este cão é cem por cento bóxer. O senhor olhe direito e verá. Veja, está dizendo para você: "Eu sou um bóxer". Isso é maneira de falar?

O sorriso do bei se alargou. Tinha certeza.

— Senhor, o bóxer é totalmente diferente, sou amante de cães há quarenta anos.

— Então que raça é?— Fawwaz murmurou, finalmente entregando os pontos; por dentro amaldiçoava o freguês e o cão, enquanto as vinte libras pagas pelo anúncio o cutucavam, torturando-o!

— Este cão é pequinês.

— E daí? Seja de que raça for, o importante é: quanto paga por ele? — Fawwaz disse isso desanimado, já decidido a se livrar do maldito cão a qualquer preço.

O bei ficou calado por um instante enquanto olhava afetuosamente para o cão, e como que este sentisse o que estava acontecendo, pulou sobre o freguês, fuçou e lambeu o rosto dele!

— Pago trezentas libras.

Foi um choque forte e Fawwaz levou alguns segundos para absorvê-lo, depois levantou a voz, reclamando:

— Espere aí! Isso não está certo, não é justo! Este cão — não conseguia se lembrar do maldito nome — tem pedigree, e o senhor me diz trezentos? No mínimo tem de oferecer setecentos, seiscentos!

Após alguma pechincha, o bei retirou do bolso trezentas e cinquenta libras egípcias em notas, que Fawwaz contou apressado e dobrou cuidadosamente para depois enfiá-las no bolso da calça. O bei carregou o cão no ombro feliz, Fawwaz o acompanhou até a porta do carro, inclinou-se em despedida e depois sumiu!

Desde então Fawwaz Hassanein desapareceu do café e do bairro. Ninguém soube o motivo do sumiço até ontem, quando correu a notícia de que alguns jovens do bairro o teriam visto de manhã cedo perambulando na região de Maâdi, dando voltas ao redor dos jardins das casas e, quando um cão aparecia, ele lhe jogava um pequeno osso que retirava de uma mala que carregava; arredondava os lábios e chamava baixinho:

— Cachorrinho, vem cá, cachorrinho!

Madame Zetta Mendès: a última imagem

1961

Aos domingos, meu pai me acompanha à casa dela. Fica num edifício alto, no meio da rua Adly. Logo que atravessamos a porta, um odor úmido nos recebe. A entrada de mármore é ampla, as colunas são enormes e redondas, o porteiro é um núbio gigante que corre na nossa frente para chamar o elevador. Meu pai lhe enfia na mão uma nota de dinheiro, e ele em seguida se retira agradecendo calorosamente. Daqui em diante, meu pai fica com um rosto diferente do que conheço na nossa casa. Na casa da *tante* Zetta, ele é gentil, cortês, brincalhão, afável, meigo e ardendo de emoção. Na pequena placa metálica na porta do apartamento, está escrito em francês "Mme. Zetta Mendès". Ela mesma abre a porta para nós, radiante, rosto branco, vivo e calmo; nariz pequeno, delicado; lábios carnudos pintados com cor púrpura; os grandes olhos azuis, com os cílios armados, pareciam surpresos; o cabelo liso e negro cai sobre os ombros e o vestido decotado mostra o busto erguido e os firmes braços de mármore. Até as unhas das mãos e dos pés são limpas, bonitas, cuidadosamente desenhadas e pintadas com vermelho brilhante.

Vou guardar por muito tempo a imagem da Zetta abrindo a porta. A imagem da "outra" reforçada pelo perfume da sedução, a doce amante que nos puxa para dentro de seu mundo secreto, aveludado, repleto de prazer e pecado. *Tante* Zetta me recebia calorosamente com beijos e abraços e dizia em francês: "Bem-vindo, homenzinho!". Por trás dela aparecia Antoine, seu filho que era dois anos mais velho que eu. Um menino magro, alto, seu cabelo negro cobria o início de sua testa, e tinha o rosto coberto de pintas, mais parecendo o menino desenhado no livro de leitura francesa que usávamos na escola.

Antoine raramente falava ou ria. Observava-nos, a mim e a meu pai, com um olhar aflito, apertava os lábios e de repente se mexia, levantava e ia para seu quarto. Dava a impressão de ter sempre algo na ponta da língua para dizer, mas no último momento desistia. Mesmo quando eu brincava com ele no seu quarto, ficava calado, como se cumprisse um dever.

(Uma única vez ele interrompeu o jogo e perguntou de repente: "O que faz seu pai?". "Advogado", eu disse e ele rapidamente retrucou: "Meu pai é um grande médico nos Estados Unidos e, quando eu crescer, vou viajar até onde ele está". E quando lhe perguntei, surpreso: "E deixar sua mamãe?", ele me lançou um olhar ambíguo e nada disse.) Aquele temperamento desconfiado de Antoine sempre fez com que eu e meu pai o tratássemos com cautela.

Lá estávamos todos sentados na sala, meu pai e Zetta tentando levar afavelmente a conversa, e Antoine permanecia arisco, mas eu correspondia: brincava com *tante* Zetta e me entregava a seus beijos. Acariciava-me seu perfume forte e envolvente e o toque de sua cútis suave e quente. Contava-lhe da minha escola e inventava atos heroicos que desempenhara com meus colegas, e ela fingia acreditar e se surpreender, assustada com meus feitos "magníficos".

Gostava muito da *tante* Zetta e fui cúmplice total do meu pai. No caminho de volta, meu pai me lembrava para não dizer nada a minha mãe, eu fazia que sim com a cabeça, como um verdadeiro cavaleiro com quem se podia contar. Quando minha mãe me perguntava com o olhar repreensivo, relutante e alarmado, eu dizia: "Eu e meu pai fomos ao cinema". Eu mentia com ousadia, sem o menor sentimento de culpa ou traição.

O mundo mágico de Zetta me cativava. Guardo-o no coração. Até mesmo o apartamento dela, quando me recordo dele agora, vejo-o como modelo da antiga elegância europeia: o enorme espelho na entrada, com o cabide de madeira torcida onde pendurávamos nossos casacos, os vasos de planta de cobre brilhante, decorados nos lados com cabeças de leão. As cortinas grossas e escuras, que deixavam passar a luz suave, o papel de parede claro estampado, os sofás marrons cobertos por mantas de cor verde-oliva, e no canto ficava o grande piano preto (Zetta trabalhava como dançarina num cabaré na rua Elfi, onde provavelmente meu pai a conheceu).

Tante Zetta entrava na cozinha para preparar comida enquanto meu pai puxava Antoine e a mim para perto dele, colocava seus braços em torno de nós, conversava carinhosamente conosco qual pai que passa o tempo de folga com os filhos. De vez em quando meu pai gritava, brincando de reclamar pela demora da comida; Zetta respondia rindo lá da cozinha. (Agora considero esses toques íntimos sinais de que meu pai pensava em se casar com Zetta.)

A mesa de refeições era um espetáculo: toalha alva, guardanapos passados, dobrados e posicionados com elegância, os pratos brancos, brilhando, ladeados pelas facas, garfos e colheres na mesma ordem. O vaso de flores, a jarra d'água, os copos cintilantes e a longa garrafa que se deitava num balde de metal cheio de cubos de gelo. A comida de *tante* Zetta era deliciosa, parecia elaborada nos restaurantes finos aos quais meu pai levava minha mãe e a mim de vez em quando. Eu comia com cuidado e fingia ficar rapidamente satisfeito para que não fosse criticado, conforme me ensinavam em casa. Mas meu pai e *tante* Zetta nada percebiam, sentados lado a lado, comiam, bebiam, cochichavam e riam muito. Depois meu pai insistia com ela para que cantasse. Inicialmente ela exibia certa relutância, mas depois aceitava, já sentando-se ao piano. Aos poucos, o sorriso ia sumindo do rosto dela, dando lugar à seriedade, passava os dedos sobre as teclas do piano, de onde saíam notas hesitantes e esporádicas, e num certo ponto Zetta abaixava a cabeça, fechava os olhos como se reunisse certos pensamentos e começava a tocar. Cantava as canções de Edith Piaf: "Non, Je ne regrette rien" e "La vie en rose".

A voz dela era melodiosa, com uma rouquidão melancólica, e quando terminava permanecia durante instantes de cabeça baixa, pressionando os dedos sobre as teclas do piano. Eu aplaudia calorosamente enquanto Antoine permanecia quieto; quanto à empolgação do pai, essa não conhecia limites! Já sem o paletó e com a gravata afrouxada, batia palmas e repetia "Bravo!". Corria até ela para imprimir um beijo na sua testa, segurava suas mãos entre as dele e as beijava; era a deixa para mim e Antoine sairmos. A experiência nos ensinou isso. Antoine levantava primeiro, dizia enquanto se dirigia à porta do apartamento: "Mama, estamos indo brincar lá embaixo". Lembro-me agora — com compreensão e sorriso — do rosto do pai congestionado pela bebida e pelo desejo enquanto enfiava as mãos impacientemente em seus bolsos à procura de dinheiro, depois nos dava duas libras e dizia, enquanto, apressado, nos levava até a porta: "O que acham de tomar um sorvete no New Corsal depois que acabarem de brincar?".

1996

Na mesa dos estrangeiros no Groppi, eram todos velhos, armênios e gregos que viviam no Egito sem nunca o terem o deixado, e foram levando a vida até que envelheceram tanto que ficaram completamente sozinhos. Seu encontro semanal era aos domingos, às sete horas de manhã, e quando atravessavam a vazia rua Talaat Harb, caminhavam, com passos lentos e fracos, amparando-se ou apoiando-se nas bengalas. Pareciam ter acabado de ressuscitar; sacudiam a poeira do túmulo de onde tinham vindo.

No Groppi, todos sentavam à mesma mesa, perto da janela; tomavam o café da manhã, conversavam, folheavam os jornais franceses até a hora da missa, quando todos iam juntos à igreja.

Naquelas manhãs, ficavam todos com a melhor aparência. Os idosos faziam a barba com esmero, engraxavam seus sapatos bicolores ingleses, vestiam ternos e gravatas muito velhas, enrugadas e tortas, e ainda se agasalhavam com os antigos casacos pesados e desbotados que retiravam logo que entravam no restaurante, conforme ditava a etiqueta.

Já as senhoras idosas, que outrora foram encantadoras e alegres, hoje vestiam roupas que foram moda havia trinta anos e maquiavam seus rostos cheios de rugas. Todos eles, contudo, observavam cuidadosamente as regras de etiqueta: os homens abriam o caminho para que as senhoras passassem primeiro, ajudavam-nas a retirar seus casacos, a dobrá-los, com gentileza e cuidado, puxavam as cadeiras para que elas sentassem e depois competiam contando anedotas para as senhoras que ainda se lembravam dos suspiros de surpresa, e soltavam delicadas e suaves risadas.

Para esses anciões, a mesa de domingo era o momento feliz, depois da qual se retiravam cada um para sua completa e assustadora solidão. Tudo que lhes havia sobrado era um grande apartamento no centro da cidade, cobiçado tanto pelo dono do imóvel como pelos vizinhos: quartos amplos, teto alto, móveis antigos abandonados, de capas gastas, paredes descascadas, banheiro à moda antiga cuja reforma exigiria um orçamento que permanecia sempre inalcançável. Apenas as lembranças habitavam todos os cantos. Havia fotografias queridas em preto e branco de charmosas crianças rindo (Jack ou Elena) que agora são homens adultos e mulheres maduras, que migraram para os Estados Unidos, de onde enviam cartões coloridos, ligam no Natal e remetem ordens de pagamento, que os velhos perdem um dia inteiro em longas e lentas filas para receber, cédulas que contam duas vezes, antes de dobrá-las e enfiá-las com zelo nos bolsos internos das roupas pesadas.

Apesar da velhice, sua mente ainda tem uma capacidade fantástica de recordar o passado com clareza total, enquanto no íntimo guardam a certeza do fim próximo, acompanhada da dúvida: quando? Como? O desejo é de que a jornada termine calmamente e com dignidade. São assombrados por preocupações assustadoras de serem assassinados por causa de roubo, passarem por longa e sofrida enfermidade ou terem uma morte súbita na rua ou no café.

Naquela manhã em particular, notei algo familiar no rosto de uma das idosas. Estava sentada no meio deles, com o rosto pesadamente maquiado; na cabeça, um chapéu de feltro verde, enfeitado com uma flor vermelha de tecido. Segui-a com o olhar e quando ouvi a voz tive certeza. A cena deve ter sido estranha: um homem feito, correndo em sua direção, inclinando-se na mesa, chamando ansioso:

—*Tante* Zetta?

Devagar, ela levantou a cabeça em minha direção. Seus olhos eram velhos e embaçados pela catarata, os óculos baratos, um tanto tortos, tudo isso dava impressão de que ela olhava para algo atrás de mim. Eu a fiz lembrar de mim e lhe falei calorosamente sobre o passado, perguntei sobre Antoine. Ela me escutava calada, com um sorrisinho indiferente no rosto velho, e cheguei a pensar que teria me enganado, que não era ela, ou que já teria perdido a memória. Um instante se passou, depois a vi apoiar as mãos na mesa, amparando-se até ficar de pé. Estendeu os braços, que, das mangas encolhidas, apareceram extremamente magros. *Tante* Zetta puxou minha cabeça em sua direção e esticou-se para me dar um beijo.

ESTA OBRA FOI COMPOSTA EM ELECTRA PELO ACQUA ESTÚDIO E IMPRESSA
PELA GEOGRÁFICA EM OFSETE SOBRE PAPEL PÓLEN SOFT DA SUZANO PAPEL
E CELULOSE PARA A EDITORA SCHWARCZ EM JUNHO DE 2013